中国散文 60 强

梦的杂想

张中行 / 著

图书在版编目（CIP）数据

梦的杂想 / 张中行著. -- 北京：北京联合出版公司, 2024.8. --（中国散文60强）. -- ISBN 978-7-5596-7804-1

Ⅰ. I267

中国国家版本馆CIP数据核字第2024MX7352号

梦的杂想

| 作　　者：张中行
| 编　　选：吴佳骏
| 出 品 人：赵红仕
| 出版监制：张晓冬
| 责任编辑：牛炜征
| 特约编辑：和庚方　张　颖
| 封面设计：立丰天

北京联合出版公司出版
（北京市西城区德外大街83号楼9层　100088）
三河市同力彩印有限公司印刷　新华书店经销
字数150千字　650毫米×920毫米　1/16　14印张
2024年8月第1版　2024年8月第1次印刷
ISBN 978-7-5596-7804-1
定价：65.00元

版权所有，侵权必究
未经书面许可，不得以任何方式转载、复制、翻印本书部分或全部内容。
本书若有质量问题，请与本公司图书销售中心联系调换。
电话：17710717619

"中国散文60强"丛书

编委会

丛书总策划

　　张　明　　著名出版人

编委主任

　　邱华栋　　全国政协常委

　　　　　　　中国作家协会副主席、书记处书记

编　委

　　叶　梅　　中国散文学会会长
　　陆春祥　　中国散文学会副会长
　　冯秋子　　中国作家协会原社联部副主任
　　吴佳骏　　《红岩》编辑部主任
　　张　英　　资深媒体人
　　文　欢　　作家、资深编辑

中华散文的文脉与发展

——"中国散文60强"总序

邱华栋

中国是诗的国度,亦是散文的国度。

穿越千年时空,从明清至唐宋,再由魏晋南北朝至两汉先秦一路回溯,汉语言文学中的散文实乃根深叶茂,硕果累累。无论是"唐宋八大家"之雄文美文,还是骈俪多姿的辞赋,以及名垂史册的《史记》《左传》,均为中国文学史上的璀璨明珠。"散文"与"诗"一道,成为中国文学的"嫡系"。尽管,后来从西方引进嫁接技术所催生的"小说",大有"喧宾夺主"之势,终究还得"认祖归宗",血脉和基因是无法改变的。

在中国散文流变历程中,曾出现过两次鼎盛期。一次是被文学史家所公认的"先秦散文"时期。其时,伴随着春秋时期的思想解放,诸子蜂起,百家争鸣,一大批散文家以饱满的气血、驳杂的学识和破茧的精神,创造出了散文的繁荣和辉煌局面,对后世产生了极大的影响。

到了"五四"时期,中国散文迎来了第二次鼎盛期。白话文如劲风激浪,吹刮和涤荡着神州大地。沉睡的雄狮醒来了,偃卧的小草开始歌唱。许多学贯中西的进步文人,肩扛文化变革的大纛,冲锋陷阵,掀起了一波又一波的新文学浪潮。《新青年》上刊载的散文,犹如一束束亮光,不但给人以希望,还给人以力量。"五四"以来的散文作品,无论是观念和主题,还是形式和风格,都跟以往的散文迥然不同。最具代表性的,当属鲁迅先生的散文(包括杂文),其刚健、凌厉的文质,疗救了中国散文长久以来颓靡不振、钙质疏流的顽疾。此外,周作人、郁达夫、朱自清、萧红、沈从文等一大批作家的散文创作亦各具特色,呈一时之盛,影响深远。

时代的前行催生了文学的发展,然而文学与时代有时并不同步甚至充满了"张力场"。"五四"的个性解放虽然催生了一批个性鲜明的散文精品,但这样的生态并未持续多久,中国散文的波峰出现了向低谷滑行的趋势。有论者指出,"散文在50年代既是对解放区散文文体意识的放大,又是对五四散文文体精神的进一步偏离。这种放大和偏离表现在个体性情的抒发让位于时代共性或者时代精神的谱写,政治标准优先于艺术标准,批判性为歌颂性所取代等诸方面。"(董健、丁帆、王彬彬《中国当代文学史新稿》)1960年代初,散文创作一度出现了活跃,"专业"从事散文创作的作家群凸显出来,刘白羽、杨朔、秦牧相继登场,迅速成为散文界的三位名家。但他们的作品后人评价褒贬不一,认为其中颂歌式的写法较为单向,这种模式化的写作,不但对散文的建设毫无益处,反而扼杀了散文的个性和神采。

"文革"十年,中国散文更是一片凋零和荒芜,乏善可陈。1970年代末,一些历经浩劫的作家开始复苏,解除思想枷锁,重新拿起笔来写作,中国散文才又凤凰涅槃,焕发生机。加之各种文学刊物纷纷复刊和创刊,以及大量西方文化读物的译介出版,更为这些饥渴、桎梏太久的散文作者提供了登台亮相的舞台和瞭望世界的窗口。

1980年代初期,伴随改革开放的热潮,思想解放大旗招展,文化随之繁荣,诸多承续"五四"精神的作家以笔为旗,抒发胸中压抑既久之块垒,出现了一批抒情性质浓郁的散文,使得现代散文这块"百花园"芳菲争艳,蔚为大观。特别是1980年代中期,随着作家主体意识的不断强化,中国文学开始呈现出一个崭新局面,作家从"集体意识"中抽身而出,重新返回"个体",注重对生活的体察和内在情感的表达。这一时期,散文的艺术性得以强化,文本的精神内涵和表现空间得以拓展。

进入1990年代，社会发展日新月异，城镇化进程锐不可当，文化领域亦呈多元格局。各种文学思潮相互碰撞，人文精神的讨论更是打开了作家们的创作思路。"大散文"概念的提出，引发了散文界对散文的内涵和外延的重新讨论和界定。风靡一时的"文化散文"热，成为文坛上一道靓丽的风景。"新散文""原散文""后散文""在场散文"等散文流派"你方唱罢我登场"，争奇斗艳，各领风骚。

及至二十世纪末，一批深具先锋意识和文体自觉的新锐作家，像一头公牛闯入瓷器店，使散文天地发生了激烈的碰撞和变化，形成一股新的散文潮流，提升了散文的审美品质和精神向度。

纵观1978年至2023年四十多年来，中华大地在"改开"的黄金时代中，社会生活奔涌激荡，各种思潮风起云涌，散文创作更是云蒸霞蔚、气象万千，涌现了众多成就斐然、风格各异的散文作家和具有思想深度、艺术上乘的散文作品。岁月的流水冲走了枯枝败叶和闲花野草，中流砥柱却巍然屹立。时间留住了新时代的散文经典，经典在时间的长河中绽放光芒。以沙里淘金的经典散文向"改开"的时代致敬，是我们不可推卸的责任和义务。

别看散文的门槛貌似很低，要真正写好，却实属不易。优质散文是有难度的写作，它不但需要作者的智识、胸襟、眼界、修养和气度格局；更需要写作者的态度、立场、慈悲、良知和批判勇气。遗憾的是，散文创作繁荣和光鲜的另一面，却是大量平庸甚至低劣之作的泛滥，不但败坏了读者的胃口，而且造成了物质和精神的极大浪费。散文作家层出不穷，散文作品汗牛充栋，可真正能让人记住的散文佳构却凤毛麟角。

散文要发展，文学要前行。发展和前行就要从平庸的樊篱中突围。在突围的过程中，散文作家不可太"聪明"，不可太世故，要永存对文学的敬畏之心。一言以蔽之，散文的尊严来自散文作家的尊严。也可以说，要想散文繁荣，首先需要有一批人格健全，品德高尚，铁肩担道义的散文作家。什么样的人写什么样的文章。特别是写散文，最容易看出一个作家的内在品质和境界涵养。一个人格不健全的人,哪怕他作文的技法再高妙,也很难写出撼人心魄、抚慰灵魂的散文来。作家精神品质的高低,直接决定其作品的精神向度。

为了散文写作的突围和发展,为了建设独具特质的当代散文,也是为了更好地从经典散文中汲取营养,我认为有必要正视和重申一些常识性的思考。高头讲章的理论是灰色的,常识之树却蕤葳常青。

一、作家的个体精神决定散文的优劣。常言道,散文易学而难攻。难在什么地方,不是难在技巧,而是难在作家个体精神的淬炼上。倘若作家的个体精神不够丰富,不够深刻,不够清澈,纵使他手里握着一支生花妙笔,也写不出令人称赞的散文。那么,如何才能做到个体精神的丰富性呢,这就要求作家时时刻刻不背离生活,要知人情冷暖,体察人间百态,关心民瘼,有忧患意识,不要做生存的旁观者。一个冷漠甚至冷酷的人,是不适合从事散文创作的。

二、真诚是确保散文品质的基石。散文创作跟作家的生存经验息息相关,可以说,真正优质的散文,无不牵连着作家的血肉和心性。作家的喜怒哀乐,悲欢离合,都或隐或显地暗含在他的作品中。假如在一篇散文作品中,读者既看不到作者的体温,又看不到作者的态度,那这篇作品或许就是失败的。说明这个作者在他的作品中"说谎"或"造假",缺乏真诚之心。作家一旦失去真诚,为文必定矫揉造作,作品也必定会失去生命力。因此,真诚是散文的"生命线",也是"底线"。

三、个性是促进散文生长的养料。人无个性便无趣,文无个性便平质。当下,每年都会诞生数以万计的散文篇章,但能够让人记住,且读后还想读的作品并不多,何故?概在于这些数量庞大的散文,无论题材,还是语感都千篇一律,像是从"模具"中生产出来的,缺乏辨识度。散文要发展,必须要求作家具有"个性意识"。"个性意识"不是标新立异,更不是哗众取宠,而是一种"创新意识"和"审美意识"。但凡在散文创作方面被公认的那些大家,都是"文体家",他们以自觉的写作实践,开创了散文写作的新路径。不合流俗方能独步致远,推动散文的建设和繁荣。

当然,以上几点并非创作散文的圭臬,谁也没有资格去为散文"立法"。

散文是自由的创造，散文精神即自由精神。我之所以提出来，仅仅是希望引起散文同行们的重视和参考，共同为中国当代散文的发展尽力增光。

我们策划、编选"中国散文60强"（1978—2023）的初衷，旨在对新时期以来的中国散文创作作出梳理、评价和选择，试图精选出风格各异的代表性散文作家，以每位一部单行本的形式，呈现出中国新时期优质散文的大体样貌。此项目的发起人为资深出版人张明先生。多年来，他一直追求做高品位的纯文学书籍，也曾连续多年与中国散文学会、中国小说学会合作，出版年度《中国散文排行榜》和年度《中国小说排行榜》。2023年他策划出版了《中国小说100强》，反响不俗。身处喧嚣、纷杂的环境，能以如此情怀和心力来为文学做如此浩大的工程，不能不令人钦佩！

感谢张明先生邀请我和叶梅、冯秋子、陆春祥、吴佳骏、张英、文欢组成编委会，共同遴选出60位作家。我们在召开筹备会的时候，即将作品的思想性、艺术性、代表性以及影响力作为编选的基本原则。在确定入选作家名单时，我们认真商讨，反复研究，生怕因为各自的眼力、审美和趣味之别，造成遗珠之憾。好在我们的工作得到了作家们的积极回应和鼎力支持，惠风和畅，大地丰饶。

60位入选的作家，既有令人尊敬的文学大家，如孙犁、张中行、汪曾祺、史铁生、邵燕祥、流沙河、刘烨园、宗璞、贾平凹、韩少功、张炜、梁晓声、阿来、冯骥才等。这批散文大家的作品，文风质朴、清朗、刚健，充满了"智性"和"诗性"。无论他们是写怀人之作，还是针砭时弊，歌咏风物，都有着鲜明的文化立场和审美取向。他们或出入历史，借古观今；或提炼人生，洞明世事，输送给读者的都是难能可贵的"精神营养"。

也有被散文界公认的名家，如李敬泽、王充闾、马丽华、周涛、冯秋子、叶梅、筱敏、张锐锋、周晓枫、于坚、鲍尔吉·原野等。这些作家的散文作品，特色鲜明，风格独特，诚挚内敛，从内容到形式，都作出了各自的探索和尝试，为当代散文注入了活力。从他们的作品中，我们不但能够领略汉语之美，更可以借此反观生活与存在，寻找人之为人的价值和尊严。

还有散文界的中坚力量和青年才俊，如彭程、谢宗玉、江子、雷平阳、任林举、塞壬、沈念、傅菲、吴佳骏、周华诚等。从他们的作品中，我们见到的，不只是中国散文的文脉传承，更是自由精神的张扬。他们文心雅正，笔力锋锐，不跟风，不盲从，始终保持着独立的思索和判断，在各自所开辟的散文园地中精耕细作，以崭新的姿态参与和推动当代散文的变革。

其实，细心的读者不难发现，入选本丛书的老、中、青三代作家都有个共性，即他们均在以自己的作品审视心灵，心系苍生，弘扬真善美，鞭挞假恶丑，充满了正义感和人道主义精神。这自然与时下众多书写风花雪月，一己悲欢，充塞小情趣、小可爱的散文区别开来。正是因为有他们的存在，中国当代散文才呈现出一幅绚丽多姿的长卷。

需要说明的是，有些重要的散文家，如张承志、余秋雨、王小波、苇岸、刘亮程、李娟等人，由于版权或其他不可抗原因，未能将他们的作品收录进来，我们深以为憾。

我们还要感谢北京立丰天文化传播有限公司的资金支持，感谢北京联合出版公司的精心编校，他们慷慨和无私的义举，对于繁荣中国当代散文创作、对于赓续中华优秀散文文脉、对于中国新时期的文化积累，均具重大价值和意义，可谓善莫大焉。这套丛书的出版意义将同《中国小说100强》一样，旨在给读者以经典的指引，这既是一项重要的原创文学工程，同时也是助力推动全民阅读和研究传播文化的公益工程。

郁郁乎文哉，中国散文有幸！

是为序。

2024 年 5 月 12 日星期日

（作者为全国政协常委，中国作协副主席、书记处书记）

目 录
Contents

第一辑 案头清供

002 | 案头清供

005 | 我与读书

019 | 城

023 | 桥

028 | 留退笔

033 | 代　步

039 | 起火老店

043 | 药王庙

049 | 书

057 | 窗

061 | 灯

067 | 镜

第二辑　心声偶录

074 | 心声偶录

079 | 梦的杂想

084 | 直　言

090 | 机　遇

097 | 失　落

101 | 月是异邦明

109 | 锦瑟无端

117 | 出　世

123 | 王　道

128 | 自欺而不欺人

132 | 刚直与明哲

第三辑　旧迹发微

136 | 旧迹发微

141 | 残书的首册

144 | 错错错

148 | 再思福倒了

151 | 红楼点滴一

155 | 红楼点滴四

158 | 能想想也好

162 | 聚讼礼赞

167 | 求转败为胜

第四辑　红楼旧影

172 | 辜鸿铭

183 | 胡博士

187 | 梁漱溟

192 | 诗人南星

198 | 启　功

第一辑　案头清供

案头清供

名为书生的，室内都要有个书桌，也有人称为书案。如果略去多占地方这个缺点，书案以宽大为好，语云，宁可备而不用，不可用而不备之义也。书案宽大，面上可以放各种用物，写写画画，以及钻研经典，攻乎异端等等；其下还有抽屉多个，不宜于摆在面上的，可以韫椟而藏。藏了，以不说为是；单说面上的，放什么，如何放，似乎也有学问，至少是习惯。记得多年以前，大学同学卢君以懒散著名，书案上的东西一贯是多而杂。有一次，我在场，他想吸烟，找烟斗和烟包，到堆满半尺高杂物的书案面上摸，费半天力，以为摸到烟包了，拉出来一看，原来是一只袜子。这是放物多的一个极端。还有放物少的极端，是已作古的友人曹君，书案面上一贯是空空如也，他说图看着清爽。我是中间派，实用和看着兼顾。都放了什么呢？写小文不同于填登记簿，决定躲开那些估计不能引人入胜的，只说我认为值得说说的一些。名为清供，清的意义是没花钱，供的意义是我很喜欢，甚至想套用乾隆年间陈坤维女士的一句诗，珍重寒斋（原为闺）伴我时。

清供三件，先说第一件，是个黄色的大老玉米。这是北京通用的称呼，其他地方，如东北称为苞谷，我们京东称为棒子，正名或是玉蜀黍吧。名者，实之宾也，关系不大，还是说来源。是去年秋天，老伴接受她的表妹之约，到容城县乡下去住几天。我，依义要陪着前往，依情也愿意前往，于是只是半天就到了鸡犬之声相闻的乡下。坐吃，游观，都是例行之事，可按下不表；只说我最感兴趣的，是年成好，所养驴、鹅、鸭、鸡、鸽等都肥壮，我可以短时期偿与鸟兽同群的夙愿。人，古今一样，虽是逝者如斯夫，却愿意留些驻景。古人办法少，即如李杜，也不过写几首诗。今人同样可以写诗，只是因为不会或愿意更真切，一般是用照相法，个别的用录像法。我用照相法，请驴来，我紧贴在它身旁，照，成功。请鹅来，它摇头扭身，坚决不干，只好说声遗憾，作罢。活物不成，只好降级，院里黄色老玉米堆成小丘，坐在顶上也可以洋洋然，于是照一张，胜利结束。几天很快过去，离开之前，又想到老玉米，于是挑一个大而直且完整的，带回来。这东西在乡下不算什么，进我的斗室就成为稀罕物，常言道，物以稀为贵，所以它就有权高踞案头。

清供的第二件是个鲜红色椭圆而坚硬的瓜，我们家乡名为看瓜，顾名思义，是只供看而不能吃。也要说说来源。是今年中秋，承有车阶级某君的好意，我到已无城的香河县城去过中秋节。吃各种土产，寻开天旧迹，赏月以证"月是故乡明"等等，都是题外话，可不谈。只说这个看瓜，是一位有盛情的杜君请我到他家吃自做的京东肉饼，在他的窗台上看见的。他说是自己院内结的，大大小小十几个，如果喜欢，可以随便拿。窗台上晒着一排六七个，我选了个中等大的，也总可以压满手掌了。返京的车上，还有家乡产的月饼等等，我把这看瓜放在最上位，因为有老玉米的成例，它是清供，下车之后理应高踞案头的。

清供的第三件是个葫芦，不是常见的两节、上小下大的，是两节、上下一样粗的，据说这是专为制养蝈蝈的葫芦而种的，比较少见。也由来源说起，这回是由远在异县移到近在眼前。是同一单位的张君在单位院内种的，夏天我看见过，没注意。秋天，霜降以后，一次我从他的门前过，看见北墙高处挂着一排葫芦，也许因为少见，觉得很好看。我也未能免爱就想得到之俗，敲敲门走进屋。他热情招待，指点看他的鸟笼和鸟，已经制好的蝈蝈葫芦。我问他今年结了多少，有不成形的，可否送我一个，摆着。不想他竟这样慷慨，未加思索就说："摆就得要好的，我给您找一个。"说着就上墙，摘个最大最匀称的给了我。我当仁不让，拿回屋，放在案头，使它与老玉米和看瓜鼎足而三。

鼎足而三了，我当然会常看。是不是也常想，或曾想，这有什么意思？如果追得太深，也许竟是没有意思。所以为了不致落得没有意思，最好还是不追得太深。或者哲理与常情分而治之：坐蒲团时思索哲理，起身走出禅堂或讲堂时还是依常情行事。我是常人，因而也就如其他常人一样，有想望，也有寂寞。怎么处理呢？其中一种可行的是如清代词人项莲生所说："不为无益之事，何以遣有涯之生？"其实，这意思还可以说得积极一些，即如我这些案头清供，有时面对它，映入目中，我就会想到乡里，想到秋天，而也常常，我的思路和情丝就会忽然一跳，无理由地感到，我们的周围确是不少温暖，所以人生终归是值得珍重的。

我与读书

这是一篇不该写而终于决定写的文章。不该写的原因是，比喻说，居室内只有几件多年伴随的破桌子、烂板凳之类，而视为奇珍，并拦住过路人，请人家进来欣赏，这说轻些是愚陋，重些是狂妄。而又决定写，如文题所示，是因为先与"读书"，后与《读书》，有些关系。后来居上，且说近一两年来，不知道以何因缘，我的一些不三不四的文章，竟连续占了《读书》的宝贵篇幅。根据时风加市风，印成铅字的名字见三次以上，就有明眼人或不明眼人大注其意，自然，也因为文中总不免有些不三不四，或说野狐禅气，有些认真的人就不淡然置之。于是，据说，有人发问了："这新冒出来的一位是怎么回事？"又据说，这问是完全善意的。何以为报？想来想去，不如索性把不三不四的来路和情况亮一下；看了家底，也就不必再问了吧？这家底，大部分由"读书"来，小部分由"思考"来；思考的材料、方法以及动力也是由读书来，所以也无妨说，一切都是由读书来。这样说，没有推卸责任之意，因为书是我读，思考是我思考，辫子俱在，跑不了。语云，言者无罪，说是这样，希望实际也是这样。以下入正文，围绕着读书和思考，依老习惯，想到哪里说到哪里。

一

由呱呱坠地说起。遗憾也罢，不遗憾也罢，我未能有幸生在书香门第，因而就不能写王引之《经义述闻》那样的书；还不只我没闻过，就我及见的人说，祖父一辈和父亲一辈都没闻过。家庭是京、津间一个农户，虽然不致缺衣少食，却连四书、五经也没有。到我该读蒙书的时候，三味书屋式的私塾已经几乎绝迹，只好顺应时势，入镇立的新式学堂。读的不再是三、百、千，而是共和国教科书。国文是重点课，开卷第一回是"人手足刀尺，山水田，狗牛羊"，比下一代的"大狗叫，小狗跳"死板得多。时代不同，据说总是越变越好。是否真值得这样乐观，我不知道；但不同确是不错，大不同是：现在一再呼吁甚至下令减轻学生负担，我们那时候却苦于无事可做。忝为学生，正当的消闲之法是找点书看，学校没有图书馆，镇上也没有；又不像江南，多有藏书之家，可以走宋濂的路，借书看。但那时候的农村有个优越条件，是不入流的"小说家者流"颇为流行，譬如这一家有《济公传》，那一家有《小五义》，就可以交换着看。于是，根据生物，为了活，最能适应或将就的原理，就东家借，西家换，大量地看旧小说。现在回想，除了《红楼梦》《金瓶梅》之外，通行而大家熟知的，历史、侠义、神魔、公案、才子佳人，各类的，不分文白，绝大部分是石印的小本本，几乎都看了。有的，如《聊斋志异》《三国演义》《镜花缘》等，觉得特别有意思，还不只看一遍。

这样盲人骑瞎马地乱读，连续几年，现在问，得失如何？失难说，因为"不如怎样怎样"是空想，不可能的事，不管也罢。只说得（当然是用书呆子的眼看出来的），如果教训也算，可以凑成三种。一种是初步养成读书习惯，后来略发展，成为不以读书为苦，再发展，成为以眼前无书为苦。另一种是学了些笔下的语言，比如自己有点什么情意想表达，用白，用文，都像是不很费力。还有一种是教训。古人说，诗穷（多指不能腾达）而后工。我想可以扩而充之，说书也是穷（多指财货少）而后能读。专说我的幼年，依普通农家的传统，是衣仅可蔽体，食仅可充腹。娱乐呢，现在还记得清清楚楚，家里一件玩具也没有，冬闲的时候，男顽童聚在一起，只能用碎瓦片、断树枝做投掷、撞击的游戏。这很单调，而精力有余，只好谋消磨之道，于是找到最合用的，书。何以最合用？因为可以供神游，而且长时间。总之，因为穷，就读了不少。现在，也可算作进步之一桩吧，不要说幼儿园，就是小家庭里，如果有小孩，也是玩具满坑满谷，据说其中还有电气发动、会唱会闹的。我老了，步伐慢，跟不上，总有杞人之忧，像这样富而好乐，还会有精力和兴趣读书吗？——不好再说下去，否则就要一反韩文公之道，大作其《迎穷文》了。

二

总有七八年吧，小学不好再蹲下去。农，士，商，三条路，受了长兄毕业于师范学校的影响，走熟路，考入官费的通县师范学校。成文规定，六年毕业；不成文规定，毕业后到肯聘用的小学当孩子王。不知为什么，那时候就且行善事，莫问前程。课程门类不少，但考试及格不难，可以临阵磨枪，所以还是常常感到无事可做。学校多年传统，两种权力或自由下放给学生，一种是操办肉体食粮，即用每人每月四元五角的官饭费办伙食；一种是操办精神食粮，即每月用固定数目的图书费办图书馆。专说所谓图书馆，房间小，书籍少，两者都贫乏得可怜。但毕竟比小学时期好多了，一是化无为有，二是每月有新的本本走进来。其时是二十年代后期，"五四"之后十年左右，新文学作品（包括翻译和少数新才子佳人）大量上市的时期，又不知道以何因缘，我竟得较长时期占据管理图书馆的位置。近水楼台先得月，于是选购、编目、上架、借收等事务之余，就翻看。由于好奇加兴趣，几年时光，把这间所谓馆的旧存和新购，绝大部分是新文学作品，小部分是介绍新思想的，中的，由绍兴周氏弟兄到张资平、徐枕亚；外的，帝俄、日本、英、法、德，还有西班牙（因为产生了堂·吉诃德），凡是能找到的，几乎都看了。

与小学时期相比，这是由温故而走向维新。有什么获得呢？现在回想，半瓶醋，有时闭门自喜，不知天高地厚。但究竟是睁开眼，瞥了一下新的中外，当时自信为有所见。就算是狂妄吧，比如，总的说，搜索内心，似乎怀疑和偏见已经萌了芽。这表现在很多方面，如许多传统信为真且正的，上大人的冠冕堂皇的大言，以至自己的美妙遐想，昔日赞而叹之的，变为半信半疑，或干脆疑之了。这是怀疑的一类。还有偏见的一类，专就文学作品说，比如对比之下，总觉得，散文，某某的不很高明，因为造作，费力；小说，某某的，远远比不上某些翻译名著，因为是适应主顾需求，或逗笑，或喊受压，缺少触动灵魂的内容。这类的胡思乱想，对也罢，错也罢，总而言之，都是由读书来的。

三

三十年代初，我师范学校毕业，两种机缘，一堵一开，堵是没有小学肯聘用，开是毕业后必须教一年学才许升学的规定并不执行，合起来一挤就挤入北京大学。考入的是文学院，根据当时的自由主义，入哪一系可以自己决定。也许与过去的杂览有关吧，糊里糊涂就选了中国语言文学系。其时正是考证风刮得很厉害的时候，连许多名教授的名也与这股风有关，如钱玄同，把姓也废了，改为疑古；顾颉刚越疑越深，以至推想夏禹王是个虫子；胡适之的博士是吃洋饭换来的，却也钻入故纸堆，考来考去，说儒的本职原来是吹鼓手，等等。人，抗时风是很难的，何况自己还是个嘴上无毛的青年。于是不经过推理，就以为这考证是大学问，有所知就可以得高名，要加紧步伐，追上去。追，要有本钱，这本钱是依样葫芦，也钻故纸堆。在其时的北京大学，这不难，因为：一、该上的课不多，而且可以不到；二、图书馆有两个优越条件，书多加自由主义。书多用不着解释，专说自由主义，包括三项：一是阅览室里占个位子，可以长期不退不换；二是书借多少，数量不限；三是书借多久，时间不限。于是利用这种自由，我的生活就成为这样：早饭、午饭之后，除了间或登红楼进教室听一两个小时课之外，经常是到红楼后面，松公府改装的图书馆，进阅览室入座。座是自己早已占据的，面前宽宽的案上，书堆积得像个小山岭。百分之九十几是古典的，或研究古典的。先看后看，没有计划，引线是兴趣加机遇，当然，尤其早期，还要多凭势利眼，比如正经，正史，重要子书，重要集部，一定要看，就是以势利眼为指导的。机遇呢，无限之多，比如听某教授提到，逛书店碰到，看书，王二提到张三，张三提到李四，等等，就找来看。兴趣管的面更广，比如喜欢看笔记，就由唐、宋人的一直看到俞曲园和林琴南；喜欢书法，就由《笔阵图》一直看到《广艺舟双楫》。量太大，不得不分轻重，有些，尤其大部头自认为可以略过的，如《太平御览》《说文解字诂林》之类，就大致翻翻就还。这样，连续四年，在图书馆里乱翻腾，由正襟危坐的《十三经注疏》《资治通鉴》之类到谈情说爱的《牡丹亭》《霓裳续谱》之类，以及消闲的《回文类聚》《楹联丛话》之类，杂乱无章，总的说，是在古典的大海里，不敢自夸为漫游，总是曾经"望洋向若而叹"吧。

也要说说得失。语云，开卷有益，多读，总会多知道一些，有所知就会有所得。这是总的。但是也有人担心，钻故纸堆，可能越钻越糊涂。明白与糊涂，分别何所在，何自来，是一部大书也难得讲明白的事。姑且不求甚解，也可以从另一面担心，不钻也未必不糊涂。还是少辩论，且说我的主观所得。一方面是积累些中国旧史的知识，这，轻而言之是资料，可备以后的不时之需；重而言之是借此明白一些事，比如常说的人心不古就靠不住，古代，坏人也不少，尤其高高在上的，他们的善政都是帮闲或兼帮忙的文人粉饰出来的。另一方面是学了点博览的方法，这可以分作先后两步：先是如何找书看，办法是由此及彼，面逐渐扩大；后是如何赶进度，办法是取重舍轻，舍，包括粗看和不看。这些，我觉得，对我后来的"尽弃其学而学焉"确是有些帮助。失呢，也来于杂览，因为不能专一，以致如室中人多年后所评，样样通，样样稀松。或如《汉书·艺文志》论杂家所说："杂家者流，盖出于议官，兼儒墨，合名法，知国体之有此，见王治之无不贯，此其所长也。及荡者为之，则漫羡而无所归心。"

四

　　大概是大学四年的末期，脑海里忽然起了一阵风暴。原来底子薄，基础不巩固，扛不住，以致立刻就东倒西歪，具体说是有了强烈的惶惑之感。还可以具体并重点地说，是心里盘问：偏于破的，如舜得尧之二女，是郗鉴选东床坦腹式的许嫁或卓文君式的私奔，还是曹丕得甄氏式的抢，三代之首位的夏禹王，是治水的圣哲兼开国之君，还是个虫子，等等，就是能考清楚了，远水不解近渴，究竟有什么用？偏于立的，生而为人，生涯只此一次，究竟是怎么回事，如果有意义，意义何在，要怎样生活才算不辜负此生，等等问题是切身的，有精力而不先研讨这个，不就真是辜负此生了吗？这是注意力忽然由身外转向身内。何以会有此大变？直到现在我也不明白。但这变的力量是大的，它使我由原来的自以为有所知一霎时就如坠五里雾中。我希望能够尽早拨开云雾而见青天。办法是胸有成竹的，老一套，读书，读另一类的书。起初是乐观的。这乐观来于无知，以为扔开《十三经注疏》之类，找几本讲心理、讲人生的书看看，就会豁然贯通。当然，这乐观的想法不久就破灭了。破灭有浅深二义：浅的是，不要说几本，就是"读书破万卷"也不成；深的是，有些问题，至少我看，借用康德的论证，是在人的理性能力之外的。这些后面还要谈到，这里只说，因为想拨开云雾，我离开大学之后，就如入另一个不计学分、不发证书的学校，从头学起。

　　这另一个学校，没有教室，没有教师，没有上下课的时间，更糟的是学什么课程也不知道。起初，只能用我们家乡所谓"瞎摸海"（称无知而乱闯的人）的办法，凭推想，找，碰，借，读读试试，渐渐，兼用老家底的由此及彼、面逐渐扩大法，结果，专就现象说，就真掉进书或新知的大海。这说来嫌话太长，只好化繁为简，依时间顺序，举一斑以概全豹。先是多靠碰，比如还看过经济学的书，不久就发现，它只讲怎样能富厚，不讲为什么要富厚，文不对题，扔开。另一种情况是百川归海，终于找到冤有头的头，债有主的主。这百川，大致说是关于人以及与了解人有关的各门科学知识。人，或说人心，中国传统也讲，缺点是玄想成分多，比如宋儒的天理与人欲对立，就离实况很远。所以我一时就成为"月亮也是外国的圆"派，几乎都读真洋鬼子写的。由近及远，先是心理学，常态的，变态的，犯罪的，两性的，因而也蔼理斯，特别欣赏弗洛伊德学派的，因为深挖到兽性。向外推，读人类学著作，希望于量中见到质；再推，读生物学著作，因为认为，听了猫叫春之后，更可以了解禅定之不易。直到再向外，读天文学著作，因为那讲的是生的大环境，如果爱丁顿爵士的宇宙膨胀说不错，人生就化为更渺小，意义就更难说了。说到环境，这牵涉到万有的本质问题（科学成分多），知识的真假、对错问题（哲学成分多），于是就不能不读偏于理论的科学著作。而所有这些，就我个人说，都是为解答一个问题，人生究竟是怎么回事，所以百川就归了海，这海是"人生哲学"。这门学问也确实不愧称为海，西方的，由苏格拉底起，东方的，由孔子起，还要加上各种宗教，著作浩如烟海。只好找重要的，一本一本啃。洋鬼子写的，尽量用中译本；没有中译本，英文写的，找原本，非英文写的，找英文译本。与科学方面的著作相比，这人生哲学方面的著作是主干，所以读的种数，用的时间，都占了首位。还有一种情况，是归拢后的再扩大，也可以说说。那是因为哲学的各部门有血肉联系，读一个部门的，有如设宴请了某夫人，她的良人某某先生，甚至姑姨等系的表姐表妹，也就难免跟了来。人生哲学的戚属很多，比如你总追问有没有究极意义，就不能不摸摸宇宙论；有所知，有所肯定，不知道究竟对不对，就不能不摸摸知识论；而一接近知识，就不免滑入逻辑；等等。总之，找来书读，像是越读问题越多，自己不能解答，就只好再找书，再请教。就这样，读，读，旧问题去了，来了新问题，小问题去了，来了大问题，直到人借以存在的时、空及其本原是怎么回事也成为问题，就问爱因斯坦，及至知道他也不是彻底清楚，就只能抱书兴叹了。说句总结的话，这一阶段，书确是读了不少，所得呢？一言难尽。

五

严格说，不应该称为"得"，因为情况复杂，复杂到扪心自问，自己也有账算不清。语云，读书明理，难道反而堕入佛家的无明了吗？也不尽然。实事求是地说，是小问题消减了，大问题明显了。明显到自信为不能解决，所以其结果就一反宋朝吕端之为人，成为大事糊涂，小事不糊涂，颇为可怜了。以下具体说这可怜。可怜由零碎的可喜来，先说可喜。这也不好枚举，只说一点点印象深的，影响大的，算作举例。一种，姑且名之为"方法"，曰无成见而平心静气地"分析"。姑嫂打架，母亲兼婆母必说姑直而嫂曲，邻居不然，说针尖对麦芒，母用的是党同伐异法，邻居用的是分析法。显然，治学，定是非，分高下，应该用分析法，事实上许多人也在用分析法。且说我推重这种方法，并想努力用，主要是从薛知微教授（十九世纪末在伦敦大学任教）的著作里学来的。他著作不少，只说一本最有名的《伦理学之方法》。书的高明之处，为省力，引他的高足伯洛德先生的意见（非原文）：对某一个问题,他总是分析,就是从这个角度看,如此如此,从那个角度看,如彼如彼,都说完,仿佛著者并没什么主见,可是仔细想想,人类智力所能辨析的,不过就是这些,思想的高深就蕴含在这无余义之中。这可谓知师者莫如徒。这本书我读了两遍,自信为有所得,其最大者是:确知真知很难,许许多多久信的什么以及宣扬为应信的什么,绝大多数是经不住分析的;因而对于还未分析的什么,上德是"不知为不知"。另一种,姑且名之为"精神",曰无征不信的"怀疑"。就我所知,在这方面,也是进口货占上风。古希腊有怀疑学派,虽然庄子也曾"不知周之梦为蝴蝶","蝴蝶之梦为周",可是意在破常识,所以没有成为学派。大大的以后,法国笛卡尔也是由怀疑入门,建立自己的哲学体系。这些都可以不计,只说我更感兴趣的,是许多人都熟悉的罗素,他推重怀疑,而且写了一本书,名《怀疑论集》。主旨是先要疑,然后才能获真知。他举个有趣的例,是英国课本说打败拿破仑是英国人之力,德国课本说是德国人之力,他主张让学生对照着念这两种,有人担心学生将无所适从,他说,能够使学生不信,教育就成功了。他的怀疑还有更重大的,是继休姆之后,怀疑归纳法的可靠性。举例说,如果把"一定还有明天"看作可信的知识,这信是从归纳法来的,因为已经一而再,再而三,就推定一定还有三而四。为什么一而再,再而三,其后必有三而四?因为我们相信自然是齐一的(有规律,不会有不规律的变)。何以知道自然是齐一的?由归纳法。这样,自然齐一保归纳法,归纳法保自然齐一,连环保,就成为都不绝对可靠了。就举这一点点吧,分析加怀疑,使我有所得也有所失。得是知识方面的,也只能轻轻一点。先说个大的,比如对于生的大环境的底里,我确知我们殆等于毫无所知,举个最突出的例,我们这个宇宙,用康德的时间观念(与爱因斯坦的不同),问明天还有没有,自然只有天知道。如是,计划也好,努力也好,都不过是自我陶醉而已。再说个小的，比如有情人终于成为眷属，我确知这决定力量是身内（相貌、能力等）身外（地位、财富等）两方面条件相加，再加机遇，而不是西湖月下老人祠中的叩头如捣蒜。总之，辨识真假、是非的能力强了，大大小小的靠不住，虽然未必说，却可一笑置之。失呢？大失或大可怜留到下面说，这里只说小失，是心和身常常不能合时宜，这包括听宣传、看广告都不怎么狂热之类。浮世间，为了争上游，至少是为了活，大概常常不得不狂热或装作狂热吧？每当这种时候，分析方法和怀疑精神等就来捣乱，以致瞻前顾后，捉襟见肘，苦而不能自拔了。

六

以下正面说可怜，包括两类：一类是大问题不能解答，以致难得安身立命，这一节谈；另一类是不得已而退一步，应天顺人，自欺式地自求多福，下一节谈。记得英国培根说过（《新工具》？）："伟大的哲学始于怀疑，终于信仰。"不知道这后一半，他做到没有。我的经验，想做到，就要脚踩两只船，一以贯之必不成。这两只船，比如一只是冥思室或实验室，一只是教堂，在室里虽然被类星体和基本粒子等包围，到教堂里却可以见到上帝；通晓类星体和基本粒子等可以换取世间的名利，安身立命却要由上帝来。我可怜，是因为不能脚踩两只船，而习惯于由怀疑始，一以贯之。比如喜欢追根问底就是这种坏习惯的表现。追问，有天高皇帝远的，如历史上的某某佳人，就真能作掌上舞吗？某某的奉天承运，就真是来于救民于水火吗？远会变为近，也追问关于人的，不合时宜，单说关于理的。各时代都有流行的理，或说真理，新牌号的大多不许追问，老牌号的升迁，以至很多人想不到追问。如果始于怀疑而一以贯之，就难免（在心里）追问：所信的什么什么最对，至好，为什么？为什么还可以分为不同的层次，仍以人生哲学为例，厚待人比整人好，为什么？答曰，因为快乐比痛苦好。一般人到此不问了，薛知微教授之流还会问，为什么？比如答复是快乐比痛苦有利于生活，惯于追根问底的人还会问，为什么利于生活就好？甚至更干脆，问，为什么生就比死好？显然，这公案只能终止于"不知道"。遗憾的是，我也诚心诚意地承认，能信总比不能信好，因为可以安身立命。话扯远了，还是赶紧收回来，谈人生究竟是怎么回事。确是很可怜，借用禅和子的话形容，是在蒲团上用功多年，张目一看，原来还是眼在眉毛下。直截了当地说，关于人生有没有意义，或说有没有目的，我的认识是，胆量大一些答，是没有；小一些答，是无法证明其为有。这胆小一些的答复是由宇宙论来，因为宇宙何自来，将有何归宿，以及其中的千奇百怪，大到星云的旋转，小到一个蚊子哼哼哼，为什么，有何必要或价值，我们都说不上来。不好，这扩大为谈天，将难于收束。那就下降，专说人。天地间出现生命，生命有强烈的扩展要求，于是而我们就恋爱，凑几大件成婚，生小的，小的长大，再生小的，究竟何所为？平心静气，实事求是，只能说不知道。孔老夫子说"畏天命"，畏而不能抗，又不明其所以然，所以成为可怜。这可怜，说句抱怨的话，也是由读书来的。

七

大问题不能解答，或者说，第一原理树立不起来，是知识方面的迷惘。但迷惘也是人生的一个方面，更硬的现实是我们还活着。长日愁眉苦脸有什么好处呢？不如，事实也是人人都在这样做，且吃烤鸭，不问养壮了有什么意义。这是退一步，天上如何不管了，且回到人间打算盘，比如住楼房比住窑洞舒服，就想办法搬进楼房，而不问舒服和不舒服间还有什么大道理。这生活态度是《中庸》开头所说："天命之谓性，率性之谓道，修道之谓教。"用现代语注释是：人有了生就必须饮食男女，这是定命，到身上成为性，只能接受，顺着来，顺着就是对；但人人顺着也难免有冲突，比如僧多粥少就不免于争，所以还要靠德、礼、法等来调节。对于这种生活态度，几乎是人人举手赞成，认为当然。我也赞成，却受了读书之累，不是认为当然，而是认为定命难抗，只好得过且过。或说得冠冕些，第一义的信仰既然不能树立，那就抓住第二义的，算作聊以自慰也好，甚至自欺也好。正如写《逻辑系统》的小穆勒先生，长期苦闷之后，终于皈依边沁主义（其主旨为善是最大多数人的最大幸福），既已皈依，就死生以之。这当然也得算作信仰，但其中有可怜成分，因为不是来于理论的应然，而是来于实际的不得不然。说句泄气的话，是生而为人，要活，并希望活得如意些，就不能不姑且相信应该分辨是非，有所取舍。取，天上不会掉馅饼，所以还要尽人力，想办法。边沁式的理想，我们很早就有，那是孟子的众乐主义。孔、孟是理想主义者，凡理想主义都不免夹带着乐观主义，他们相信，只要高高在上者英明，肯发善心，人间就会立刻变成盛世。事实是在上者并不发善心，或根本就没有善心，因而人间就始终不能盛。与孔、孟的眼多看天相比，荀子眼多看地，于是就看见性恶以及其本原的"欲"。两千年之后，西方的弗洛伊德不只看见欲，而且经过分析，说欲可以凝聚为"结"，所以不得了。这要想办法，以期不背离边沁主义或众乐主义。他的想法写在名为《一种幻觉的将来》那本不厚的书里，主旨是：因为人生来都具有野性，所以应当以"文"救之。这文，我的体会，包括习俗、道德、法律、组织、制度等等。具体应该如何？难说，而且不好说，只好不说。

八

很快就迎来"四十而不惑"。不惑有自足的一面，是"吾道一以贯之"；有影响的一面，是原地踏步，看着别人走出很远，难免感到寂寞。旧习难改，仍然读书。性质有变，以前是有重心，略有计划，而今变为阮步兵的乘车式，走到哪里算哪里，碰见什么是什么。比以前数量少了，因为难得主动。获得呢？天方面，依然故我；人方面，也借助历练，像是所知更多一些。古人说，"察见渊鱼者不祥"，装作不知也罢。一晃又是四十年，也许应该算算总账了吧？不敢用《旧约·创世记》的算法，那会后悔吃智慧果，痛哭流涕。但事实是不能变的，读了不少杂七杂八的是事实，既往咎之也没有用，还是不悔恨的好。也无妨从另一面看。现在时兴旅游，读书也是旅游，另一种性质的，地域更广阔，值得看看的更多。缺点是有些地方，比如天，至少我是，看不清楚。但这也未尝不可引孔子的话来解嘲，那是："不知为不知，是知也。"写到此，想到重实际的哪一位也许要说，所有这些不过是文字般若。这我承认，但就算只是文字，既然可以称为般若，它就有可能引来波罗蜜多；纵使不能引来，总比无明而自以为有明好一些吧？这样说，对于"我与读书"，作为终身大事，我的态度显然还是"家有敝帚，享之千金"一路。蠹鱼行径，是人生的歧途吗？大道本多歧，由它去吧。

城

城，就来源说不温雅，是为防守；用诛心之法深挖，是内，舍不得自己的所有，外，把不少人看成小人或敌人。事实是确是有小人或敌人，于是经验是，实利经常比理想分量更重，人，有了较多的财富，包括子女玉帛之类，并有了权，就（下令）筑城。财富和权有大小，城也就有大小。最大的是现在还夸为国宝的万里长城。其实又有什么可以夸耀的？不过是自己外强中干，怕匈奴南下牧马而已。理论上，对付南下牧马，还有两种办法。一是自己有大力，新词儿曰威慑力量，使不安分的异族不敢南下牧马。二是自己有大量，视南下牧马为无所谓，这还有个说法，曰"人失之，人得之"。显然，这只是理论，至于事实，大力来于励精图治，大量来于视人如己，有了权，容易把享乐摆在第一位，理论上的两种办法就都行不通了。结果是还得筑城，权大筑大的，权小筑小的；大还包括多，如皇帝老子，凑全了应该是，城之外有郭，即外城，城之内有皇城，皇城之内有宫城（末代的清朝名紫禁城）。皇帝之下有官，官有大小，依例而城也有大小，于是而有省城、府城、州城、县城，又于是而大大小小之城遍天下矣。

人，有理想的一面，是讲理，或希望讲理；但更多的是事实一面，既来之，则安之。对城也是这样，既然有了城，日久天长，就觉得还是以有它为好。这感觉也不无理由，以《清明上河图》所描画为例，上河，无妨出宋门野一阵子，至于华灯已上，登玉楼，倦倚屏山，就还是以入宋门为是。且说宋门以内，还有个不容忽视的优越性，是有了城，多人聚居，会带来繁华和方便。除了巢父、许由、马祖、赵州之流以外，有几个人不欢迎繁华和方便呢？

我是常人，当然也欢迎这样的繁华和方便。并曾设想，由于某种原因，要长途跋涉，劳累，口渴腹空，到日薄西山的时候，眼前终于出现了雉堞，其时的心情会是什么样子呢？是真就宾至如归了。单说想象中，是再走一段路，就可以在城门外或内，找到个《老残游记》那样的高升店，也许竟如卢生住的邯郸旅舍，主人还蒸黍米饭，供应饭食吧？那就可以"解衣般礴"，喝白干，佐以花生仁，然后饱餐黍米饭，兼听"画角声断谯门"了。

这是与城有关的诗的生活。诗与梦是近邻；梦想太多不好，因为容易随来破灭。那就还是想想实实在在的。我的出生地是农村，在京津之间。没有机会到较近的天津和较远的北京看看，但童年想象力强，希望迫切，常常闭目设想，就在不很远的地方，有豪华，有热闹，这豪华和热闹是在一个高大的城墙里。城墙有多高呢？城门是什么样子呢？很想看看。直到过了十岁，才有机会，第一次看到城，并穿过城门进了城。但那不是天津城，更不是北京城，而是本乡本土的香河县的小城。记得其时我还上初级小学，是秋末冬初，县里开小学生成绩的观摩会，各校都挑选几个学生为代表去参加观摩。我也许不像现在的甘居下游吧，由老师选中了。十个八个人，由老师带队，早饭后出发，步行向西北，还要涉水过运河的支流青龙湾，约五十里，很累，但到太阳偏西时候,终于远远地望见南面城墙的垛口。其时我是初见世面,觉得城墙很高,有小村庄所没有的威风。接着想到,能走进这样的城,与未被选中的同学相比,真是高高在上了。于是忘了劳累,加快往前走。不久走到南门前,更细端相,门拱形,高大,深远成为洞,都是过去没见过的。入了门,往前瞭望,直直的一条长街,两旁都是商店,像我们这小村庄来的,真不能不自惭形秽了。走到接近北门,住在门内路东一个客店里。夜里,想到有生第一次住在城里,很兴奋,也很得意。早晨,天微明,躺不住了,爬起来,几个人一同登城。记得是半走半跑地往西行,眼忙着看城内的人家,城外的树木。不久就绕回来,余兴未尽,都同意,又绕一圈。几天过去,原路回学校,向未选中的同学述说所见,着重说的就是那个方正而完整的砖城。

离开家乡以后,几十年,我到过不少地方,也就见过不少城。印象深的当然是住得时间长的。以时间先后为序,先是通县,后是北京。通县,最使我怀念的是新城西门,那是晚饭后或星期日,多数往门外以北的闸桥,少数往城西的八里桥,都要出入这个门。闸桥是通惠河上的一个闸,其时河上已不行船,岑寂,或说荒凉,立其上,看对岸墓田,水中芦苇,我常常想到《诗经·秦风·蒹葭》,并默诵"所谓伊人,在水一方"。我是有所思,思什么呢?自己也不清楚。但这是生活,值得深印在心里的。离开通县,到了最大的(也许要除去南京)北京城。我住内城,常到外城,并不断出城,可以说,生活总是与城有拉不断扯不断的关系。最难忘怀的是经由西直门出城,那有时是与三五友人往玉泉山,坐山后,共饮莲花白酒,然后卧林中草地上听蝈蝈叫。更多的是与墅君结伴,游农事试验场,麦泛黄时,坐麦田中听布谷叫;晚秋,坐林中土坡上听蟋蟀鸣。一晃几十年过去,城没了,出入城门,游园,并坐话开天旧事,都成为梦。有的人并默默地先我而去,因而有时过西直门,心中就浮起李义山的两句诗:"十年泉下无消息,九日樽前有所思。"

随着拆城的一阵风,我第一次见的香河县小城也没了。远望城垛口,住城门附近小店,听"画角声断谯门"的梦真就断了。对于城,如果仍恋恋不舍,就只好安于李笠翁的退一步法,寻遗迹,看而想象其内外,发思古之幽情。语云,百足之虫,死而不僵,许多城高而且厚,斩草除根不易,遗迹也不会少。举其荦荦大者,如北京有元土城,南京有石头城,不久前与莉芙女士往郑州,还看到商朝的一个都城(仲丁迁的敖?)的遗址。可惜的是,与我关系最深的那个香河县小城却连遗迹也找不到。但因为时代近,变化的迹象易寻,城基,东西南北门,中年以上的人还能指出来。我近年有时到那里住个短时期,住所在东门附近,常常经过旧的东门和城东南角,就不由得想到昔年有城时候的种种。不免有黍离之思,秀才人情纸半张,曾诌七绝一首云:"绮梦无端入震门,城池影尽旧名存。长街几许升沉事,付与征途热泪痕。"有征途,证明有聚散;有泪痕,证明我没有忘记这个小城以及其中的一些人。只是可惜,去者日以疏,至少是有时候,我对影感到寂寞,东望云天,确知已经不再有那个小城,连带地也就失去许多可意的,就禁不住为之凄然。

桥

桥来于水之阻而人不愿受阻。不愿，有偏于物的，如两个小村庄，距离不远，人难免有来往，物需要通有无，可是中间有一条小河，河上就最好有个桥。不愿还有偏于心的，《诗经·秦风·蒹葭》"蒹葭苍苍，白露为霜，所谓伊人，在水一方"，说的就是这种情况，在水的那一边，可望而不可即，如果有桥，不就好了吗？可是架桥，在古代大概不很容易，一是人力有限，二是水道可能太宽。如银河（只是神话的，也就难得渡过）就是这样，连邹衍之流也不敢设想在其上造桥，而又君子愿成人之美，只好求有翅且有巢的鹊发慈悲心，至七月七日，全体出动，展翅相接成桥，以期痴男牛郎、怨女织女可以相会，时间虽短，以新风推之，紧抱，热吻，也许还要以下删去若干字，最后还有"不知东方之既白"，泪如雨下，总之，遗憾就成为慰情聊胜无，天上人间都可以松一口气了。桥之为用真是大矣哉。

桥多种，用多种，贪多嚼不烂，想只说一点点自己感兴趣的。惯于厚古薄今，仍先说古。记忆中浮出两个，巧，都见于《庄子》。一见

《秋水》篇，说：

> 庄子与惠子游于濠梁之上。庄子曰："儵鱼出游从容，是鱼之乐也。"惠子曰："子非鱼，安知鱼之乐？"庄子曰："子非我，安知我不知鱼之乐？"惠子曰："我非子，固不知子矣；子固非鱼矣，子之不知鱼之乐全矣。"庄子曰："请循其本，子曰汝安知鱼乐云者，既已知吾知之，而问我，我知之濠上也。"

另一见《盗跖》篇，说：

> 尾生与女子期于梁下，女子不来，水至不去，抱梁柱而死。

两件事性质大异，而都感兴趣，是有不同的来由。庄子与惠子辩论的是知识论的大问题，而时间却是在桥上观鱼时候，所谓漫不经心，就没有学究气。这是桥的另一大用。美中不足，是我曾到朱洪武老家干校接受改造两年，不只本性未移，竟连濠水也没看见，更不要说其上的桥了。没看见也罢，反正那说的是"理"，离生之道比较远。后一件事就不同，不只掺加个女性，还有痴情的男性为女性而死。据有考证癖的人说，这位鲁国尾生，就是《论语》说的到邻居家要点醋给人的微生高。尾生也罢，微生也罢，戴上现代眼镜评论，水至，女未至，心眼儿也未尝不可以活动些，即到桥上等，何必刻舟求剑呢？移到女本位就不同，期于梁下，水至仍在梁下是绝对服从，所谓至死不渝，才可以说是好样的。这好，桥也应该算作与有力焉吧？也有美中不足，是那位女子终于没有露面，下面是否还有死别的曲折，就不能知道了。

还是少替古人担忧，改为说自己的。我走过不少桥，见过更多的桥，单说有名的，大，有长江大桥、黄河铁桥；孔多，有颐和园的十七孔桥，苏州的宝带桥。在这方面，我也未能免势利眼之俗，看长江大桥，曾用自家之腿丈量（其时是四月），水面是四华里，桥长大致加倍。就长度说，在国内它可考第一。可惜是怕查三代，它不古。如果发思古之幽情，就要去看赵州桥。只是很遗憾，我兼对赵州和尚有兴趣，却直到现在还没到过赵州，去看看比武则天还年高的这座石桥。略可补偿的是看过多次京城通惠河上的八里桥。那还是二十年代后期，我在通县上学，星期日，也想过屠门而大嚼，无钱，想携意中人至林木萧疏处细语，无缘，不得已，只好独自，或与同样无钱无缘之人结伴，出城，西行八里，上桥头，远眺，做踏天街看佳丽的白日梦。不能实，有梦也好，这梦之成，也是桥与有力焉。

就我的简陋经历所知，喜欢桥，最好到苏州去走走，因为那里水多，桥就不能不多。水各式各样，桥也各式各样。我在苏州住过半个月，往寒山寺，曾在附近登上胥江上的弓形大桥，却没找到枫桥（据说是个小桥）。看不止一次兼印象深的是盘门外的吴门桥，特大，中间高耸，其上有不少人，其下有不少船，来来往往。小桥当然更多，由大场面缩到小场面，也就会更有意思。为寻觅有意思，我喜欢坐在平江路旁看小桥，连带看小桥上的行人，这里显示的是地道的姑苏生活，不像狮子林等名园，虽然地在姑苏，却变为五方的嘈杂。园中的桥，我喜欢沧浪亭入门的那一座，厚石块平铺而成，质朴无华，却能使人想到沈复和陈芸，因为他们住在附近，常到园里来，桥上必有不少他们的足迹，于今尘飞人远，想想当年不是也颇有意思吗？

由苏州就不由得想到杭州。杭州的桥，有名的都在西湖。断桥（一说应作段桥）有大名，是因为在那里，先是出了个绝美而又多情的白娘子，紧接着又是热爱和生离。对于这样的遭际，男士是乐得同享，女士是乐得同情，于是就都洒了动心之泪。由断桥西行，还有个西泠桥，又是古迹，也就又离不开女人。这女的是南齐苏小小，风尘中人，男性最欢迎，因为入怀乱的可能性大。以上是围绕白堤。还有苏堤，桥多了，由北而南一排六座，曰六桥。不知为什么，一提起六桥，我就想到《随园诗话》记的一件逸事，那是他的一位叔父字健磐的往镇江，寄寓在一个铁匠家遇见的。铁匠不识之无，妻却文雅，能诗。日久天长，二人由不知变为相知，于是而有诗札往来之事。再其后是发乎情，止乎礼义，终须一别，于是相互赠诗赋别，诗话只记女方七律的一联是："三月桃花怜妾命，六桥烟柳梦君家。"这里又是桥，是传情的桥，洒血泪的桥。

扫他人瓦上的霜太多了，还是退入家门扫自己的。我幼年住在家乡，关于桥，印象深的是远一座，近两座。远的在村西北三四里，亢庄之南，弓形，高大，远望，像是半浮在空中。何以这样高，其下有什么水，没问过；更奇怪的是，如此之近，却一直没走过。近的两座，大的石桥在村东，到镇上买物经常走；小的砖桥在村西，下地干农活更要常常走。砖桥也是弓形，孔矮而小，几乎乏善可述，可是因为离家近，常常走，总是感到亲切，像是踏在上面就看见屋顶的炊烟，想到火炕的温暖。村东的一座横跨在南北向的旧河道上，几排大石块平铺在上面，其下有柱，很高。其时我还没念过《庄子》，不知道这样的地方还可以与女子相期。这也好，如果念过，知道有相期之事，而找不到这样的女子来相期，总会感到寂寞吧？

似水流年，幼年过去了，我不再踏家乡的小桥，要改为踏其他地方的桥。昔人说墨磨人。其实桥也磨人，比如脚踏八里桥，其时我还是红颜绿鬓，到去岁与秀珊女士游通县张家湾，走上南门外的古桥（明晚期建），倚栏拍照，就成为皤然一老翁了。老了，仅有的一点点珍藏和兴致都在记忆中，如韦庄词所写，"骑马倚斜桥，满楼红袖招"，也只能在昔日。于是关于桥，也想翻检一下昔日。算做梦也好，像是有那么两个桥，一个是园中的小石板桥，一个是街头的古石块桥。是在那个小石板桥旁,我第一次看见她的泪;是在那个古石块桥旁,我们告别,也"执手相看泪眼,竟无语凝噎"。但终于别了,其后就只能"隔千里兮共明月"。我没有忘记桥,所以为了桥,更为了人,曾填词,开头是"石桥曾别玉楼人"。这也可以算作桥的用吗?估计桥如果有知,是不会承认的,因为它的本性是通,不是断,是渡,不是阻。那就暂且忘却"执手相看泪眼",改为吟诵晏小山词,"梦魂惯得无拘检,又踏杨花过谢桥"吧。

留退笔

退笔是毛笔多用，毫端变秃，不好再用之笔。有故事，来于隋朝的大书法家智永，据传是为学书（书法之书）十年不下楼，退笔积有数瓮，埋入地下，称退笔冢。我这里用此雅名，要加两层限制。其一是所谓退笔指我自己用过的，无此限制，则由李斯写泰山刻石的笔到鲁迅写《阿Q正传》的金不换就都闯进来，写不胜写了。其二是限于诌文的，无此限制，则远，在小学课堂上写九宫格的小毛锥，近，在书桌上涂鸦的净纯大楷等也就闯进来，纵使不至写不胜写，也必成为头绪纷繁。这里所想写是反头绪纷繁的，由正面说只是一支，我年轻时候通称的钢笔，其后厂商加广告家夸说的金笔。

新潮语有"代沟"一词，我初见，不能确知其义，求甚解，向嘴上无毛的请教。承以例明之，说："比如你父执一代，都觉得三寸绣鞋好看，到你子侄一代，变为觉得38号加尖头高跟好看，时代不同，看法有别，这就是代沟。"我听了，如禅和子之闻驴鸣，得顿悟。其后碰到适当机会就禁不住用这样的沟解释未能大同的事物，以显示有勇于接受新知的高才。且说机会之一是笔的时移则备变,也形成代沟。具体情况是:我的前辈作书,用毛笔;降至于我,用钢笔;再降,至于不知何许人也,用圆珠笔;还要降,仍是不知何许人也,变为无笔,因为其大名为电脑。四种,先者旧,后者新,我排名第二,用二分法,属于保守党。由保守走向维新,有所求,是省力兼快。比如一号与二号比,前者要另备墨与砚,后者就用不着,盖钢笔,另一美称为自来水笔也。再比如一号与四号比,其成文的速度就不可同日而语。自然,凡事有所得也会有所失,即如电脑,省力则省力矣,快则快矣,可是想从其中出一篇《祭侄文稿》或《蜀素帖》,就办不到了。由唐宋下降到今日,保守党的一号,有的人走这条路,在宣纸上"刷"而成字,不过二三十个,就能换来一万两万,变为新法的电脑,按而成字,两三千,还要是名牌文学家,不过能换来百八十的而已。

　　由得利的角度看,我虽未能维新,并且不是文学家,却也被划入一笔一画写两三千只能换来百八十的一类。"王何必曰利",亦有"明其道不计其功"而已矣。这就可以转到说那支笔,因为道(如果有)都是它明的。循新风先查出身之例,由笔的来源以及体貌说起。那是一九三一年的暑天,我凭机遇考入北京大学,在旁观者的眼里,这是喜事,要贺。师范学校六年,最要好的同学梁政平,其尊人益甫先生与东琉璃厂路北的和记教育博品社有来往,就由那里买一支钢笔送给我。买笔而不买食品或衣服,推想还有鼓励苦读,将来学能有成的意思。笔是进口的,美国 Parker(派克),黄中透红之色,估计是二十年代的产品,定价二十元(其时纸币与银元名义上还是等价),熟人买,九折,十八元。我既高兴又得意,就带着这支笔走入北大红楼及其后身的图书馆。其后跟着我流转,几十年,抄书,记事,诌文,以至拼凑打油诗,写交代、检讨、学习体会之类,连数学家也算不清究竟写了多少字。说起来也可以算作奇迹吧,它既未失落,又没有坏,成为随着我度日、度月、度年总之时间最长的殿试第一名,状元,曾经荣上荧屏的那个破旧藤条椅只能屈居第二,榜眼。且夫人,论功德有"苦劳"之说,此原则显然也应该移用于笔,所以我手持它,或只是瞥见它,也许多年来不得不歌颂从而习惯成自然了吧,就心中油然而生一个四字的歌德派的评语,曰"劳苦功高"。

歌德不厌其多,想再加说点近年的。"伟大"的时代过去,说几句不歌颂的话不再有家破人亡的危险,我旧病复发,也就乐得拿起笔,写点不三不四的,所求,吹牛是成一家之言,不吹是换一些买烤白薯的钱。所拿之笔仍是那支伴随半个世纪以上的派克,老骥伏枥,因而就劳更苦,功更高。表功,可以走统计学家的路,是十几年,写了几百万字,印成一些本本。还可以走禅学家的路,这就说来话长。是多年以来,关于诌文,把所思化为文字,定形于纸面,我有个感觉,或夸而大之,转化为一种理论,曰"配套"。这是思路和笔合作惯了,能够达到一种,用消极说法是"交融",用积极说法是"互助"的境地。或者换为以思路为主,这境地就成为"思忘手,手忘笔"。持笔,面对稿纸,能两忘,也可以算作一种享受吧,这享受是思路的逍遥游。逍遥之游由配套来,思路,我们不能奈何它,可以不计,说另外两桩,手,如果右换为左(虽然我是左撇子),笔,如果"钢"换为"毛",则配套打乱,两忘必变为不能忘,轻则效率,重则享受,就都不能完整无缺了。

还是专说笔,这配套的情况就真使我成为"金不换"派。顽固不化的程度有浅的,是不敢复古,换为用毛笔,因为估计速度会减半,思路前行,等得不耐烦,于是而配套被打乱,面对稿纸就难于成文了。更不敢维新,换为用圆珠笔,因为估计速度会加倍,思路落后,欲急起直追而无力,于是而配套也被打乱,也就难于成文了。更加新,换为用电脑呢?不知道速度会加若干倍,思路退避三舍,配套之套会成为无套,出言且难,况成文乎?还有更大的难,是按而成字之前,先要学。我笨而加老,即使铁杵能磨成针,"加我数年",到学成,甚至尚未学成,思路可能退隐,或生路被阎王老爷截断,墨子的原则,利取其大,害取其小,所以我只能扔开用长时间求新配套的理想,仍旧用那支比老伴还老(谓入门之时)的笔,有闲情而不能作赋之时,一笔一画地写。顽固不化的程度还有深的,就算作幻想吧,是担心这支笔万一倦勤,不得不换用另一支,配套小乱,我还能诌不三不四之文吗?

杞人忧天!想不到天真就塌下来,是一九九六年的后期,我正在赶写《流年碎影》的最后一部分,这支笔病了。不是笔尖变秃,是墨水自管内而下降到笔尖的通路出现堵塞,先是墨迹变浅,不久就变为无迹。不能用了,怎么办?如人,跑医院是个办法,可是我不知道哪里有笔医院,又,以人之心度笔之心,怕它也视为畏途,似乎以不勉强为是。路只剩下一条,是让它退休(因未革命,不能离休),起用另外一支。这另外一支也是美国产,牌号为waterman(船夫),一个孙子辈的由美国来送的。起用之前,心志忐不安,怕性能有别,配套被打乱,文由不三不四下降为不五不六。最后还是李笠翁的退一步法战胜,正如佳人,求才子不得,得到个不才的,但总是个"子"而非女,也就嫁了吧。且说我试用这支新的,果然,下笔之时,成字之后,刚劲,流利,清整,都不如旧的,学习有些佳人,也就忍了吧。

还剩下个不大不小的问题,是怎样对待那支退休的。古人有为诗以送之的办法,如陶穀《清异录》所载:

赵光逢薄游襄汉,濯足溪上,见一方砖类碑,上题云:"秃友退锋郎,功成鬓发伤。冢头封马鬣(坟头封土如马鬣下披的一种形式,见《礼记·檀弓上》),不敢负恩光。"

可是我这位郎的锋并没有退，虽然也"不敢负恩光"，埋于地下总是不适当了。未经再思，灵机一动，想到个无用之用，始为大用之法，这是让它仍旧卧在案头，旁观它的后继者在纸面上以稍慢于它的速度前进。就这样，有它在旁边看着，我终于也写完了《流年碎影》，并在完稿的片刻欢娱之时，把它也请到稿纸上，与那位船夫并坐，心里说："我不敢负恩光，包括过去的种种，而你，是整整六十五年了。"

代　步

有个友人异想天开，或有意开玩笑，问我："如果你发了财，买不买汽车？"我说我发不了财，也就用不着想这类事。他锲而不舍，仍然追问："我已经言明是如果，那就不必管实际，只想如果，如果真发了财，你买不买呢？"我没有退路，就真想了想。可是思路刚这样一转，万没想到，实际就闯进来，把如果挤跑了。剩下的是勤勤恳恳，写满几张稿纸，寄，新规定是文稿与私信无别，担心超重，只好贴两角一张的邮票三张，然后是盼，盼刊用，盼稿酬从重从快，终于有那么一天盼来，数十元，看到同室之人射来艳羡的目光，想到有福同享的世训，只好买熏鸡一只，饮料若干，以赎独乐之罪，而这样一来，比如八十元，就收缩为四十元，有远志，存入银行，又假定时间都是康德的，不变慢，要再过几个世纪才能买一辆汽车呢？俟钱之多，人寿几何！还是躲开由如果引起的麻烦，专心务实好。实不少，其中之一是在稿纸上涂涂抹抹换稿酬。写稿要找题目，不很容易，这次就可以用联而且想之法，由汽车而扩大，说"代步"；又泛论不好写，只说自己的一点点经历和感受。

学某遗老"废跪拜，天生膝盖何用"的高论，我们也可以问："找代步，天生两腿何用？"这样一问，我们就会发现自己的不高明，甚至不光彩。这不光彩还可以扩张到许多方面。《水浒传》里有神行太保，可证找代步是无能。身在中土而想看看金字塔，并希望朝发夕至，只好找代步，都是机心多而道心少。《红楼梦》，妇女由荣府到宁府，或由宁府到荣府，一墙之隔也要上车下车，这是懒加装腔弄势。总之，思路随道家，对不用腿而找代步就不会有什么好印象。但是正如我们翻阅史书时所见，不要说天下，单说思想，也大多不是道家的。于是昔日，在中学为体兼用的时代，寻诗也可以上驴背；至于为玉环女士运鲜荔枝，就更不能不快马加鞭了。自然，昔日之后必有今日，于是道家思想更要让位，登上宝座的成为科技的思想加实际，总名为现代化。表现于代步方面，有轨变为无轨，长亭短亭变为高速，余落日的渡头变为机场。语云，识时务者为俊杰，于是，单说都市，屈居下层的只有雕虫小技之流就多方拼凑，买一辆凤凰或永久；有发号施令之权的变两轮为四轮，或奔驰或丰田，至少也桑塔纳；还有更上层的，企业家、歌星之流，发了，也奔驰或丰田，非退食自公而自己买。今日之后还有明日，有些人，会不会买奔驰、丰田不过瘾，进而买波音747或什么牌号的直升呢？这是将来的事，不想它也罢。

他人瓦上霜之类，不管了，回头看自己的门前雪，有没有什么可说的？借用晋惠帝的分类法，为公，即看全面，比高下，显然没什么可说的；为私，即只检寻己身情意的留影，又像是有些可说的。不只文章，情意也是自己的特别值得珍重，所以就本诸存诚的原则，以下说说与代步有关的或说由代步引起的情意。以时间先后为序，始于畜力车，终于机动车。

畜力车是落后的，我幼年时候常坐的畜力车尤其落后，因为还没改良到三十年代及其后的"胶皮轮",而是旧名所谓"四辋",轮的外缘用钢铁,笨重。畜力用牛或骡马,走在两条平行车辙的路上,尤其牛,总是慢腾腾的。可是我觉得有意思,不是欣赏随着咕咚咕咚声的摇动,而是,比如随着母亲到外祖家去,相距八里,路走到半,就会望见村南某家坟地的两株特高大的白杨树,然后就像是看到那只站在门口的狗用摇尾表示的亲切,以及由室内走出来的外祖母的慈祥。坐这样的车,也常到姑母家去,那里有年龄不相上下的表兄弟姐妹,所得就不只温暖,而且好玩。是二十年代中期,我离家到外面上学,代步维新,成为主要是蹩脚的长途汽车,与落后但不少温情的四辋车算是未曾"执手相看泪眼"就永别了。

适才说"主要是",因为三十年代前后,有时还骑驴。为什么不"骑马倚斜桥"?正如《堂吉诃德》一书所描述,马是上层人骑的,小户人家如我们,代步就只能用驴。记得只有一次例外,是二十年代末,不知家里为什么破例,养了一匹马,白色,也是为做农活。正赶上我放学在家,小学同学邵君丧父,送来讣闻。当然要去吊丧,他住村西三百户,相距约二十里,家里说可以骑马往返。马驯顺,慢慢走,正合我这没有马上经验的人的意。返途,还是慢慢走,忽然后面来个骑骡的,骡高大,善走,由路旁超过去。我当然退让,心平气和。没想到马却有争胜之心,忽而放开步,只一瞬间就追及骡尾,说不定也想超。我立即意识到,这是想应战,可怕,于是当机立断,勒紧缰绳,意思是劝它息怒,与主人同声相应,甘居下游。不知道马有什么想法,反正接受了人的祖传妙法,忍了。其时还没念过韩文公的《杂说四》,如果念过,"世有伯乐,然后有千里马"之类的话溜到嘴边,浮上心头,会有什么感触呢?不过既已甘居下游,识马不识马也就无所谓。事实是更下,在驴与马之间,我宁愿骑驴而不敢骑马。于是依照王阳明知行合一的理论,我就不再骑马而常骑驴。是交通工具落后而不得已吗?

也不尽然，因为与驴结伴，与托靠汽车相比，所失是慢，所得却有重大的，是儒家推崇的诚与敬，这属于精神，可爱，汽车是没有的。然而可惜，随着"不舍昼夜"的新旧交替，昔日由家乡骑驴往三十里外的汽车站，由通县骑驴往六十里外的西集镇，就都成为幽梦之影。

其后生活环境由多城少乡变为纯闹市，而且是北京的闹市，旧说，内城周围四十里，外城二十八里，何况有时还要到城外，专靠两位腿君不成了，必须有代步。是三十年代末或四十年代初，老友韩君慈悲为怀，把他存的一辆旧自行车送给我骑。车是日本造的，正如现在的共同认识，觉得比国产的好。事实也许正是这样，坚固而轻快。骑了些时候，这个低层次现代化的交通工具就显示了它的优越性。其一是专用，虽然与专车专机有别，却具体而微，也可以小助个人迷信。其二是与家畜相比，不用照料饮食，省事。其三最实际，也就最重大，用旧话说是真办事，用新话说是效率高，只要我的所想不逾矩，它一定准时完成任务。且说这任务，多数必负担的，如上班下班，买柴米油盐，跑邮局、医院，等等，反而可以不说。可以说说的是没有也过得去却更难割难舍的，是借了这两轮代步之光，学时风的调调，也都胜利完成了。现在回想，计有三项。一是下班之后，赶往某一好友家共酒饭。下酒物，唯物的是五香花生仁，唯心的是闲谈加相视而笑。人世坎坷，经常是冷酷很多而温暖很少，我回顾，温暖不少，其中，也许竟是大部分，是这样来的。二是春秋暇日与三五好友到西山一带郊游。次数最多的是玉泉山，早点后出发，路过海淀镇，买烧饼和酱牛肉，买花生米和仁和号的莲花白酒。到目的地，小游后到西北部山后，松林中围坐，吃喝，佐以谈笑。微醺后可以卧在草地上，如果是秋天，听草丛中蝈蝈乱叫。这是有自主权的闲情，与今日的一日五游相反，这闲，这自主，应该说，大部分是这个好代步之赐。还有更值得感谢的三，是断断续续四十年，帮助我跑书摊、书店，逛文物店，过了淘旧书、搜法书之瘾。说起这瘾,四五十年代及其略前略后是顶峰,至少是每周出去转一次。说是转,因为常常是东西南北城,这不用自行车代步就太难了。的确是劳苦功高。现在我坐在屋里举目四望,书橱内外,虽然已是秦火之余,想到某一种是由东安市场运回,某一件是由琉璃厂运回,就不由得想到那辆自行车以及它的劳苦功高。说想到,是因为它已经不在眼前。是七十年代末,我以有些老年人伤骨为鉴,决定不再骑自行车,这辆车就退了休,寂寞地立在楼道里。我同情它,因为我也曾经报废。家里人曾有卖掉的想法,我说:"帮我四十年,一旦用不着就用它换钱,我不忍。放着吧。"可是放着占地方,真有人觉得碍事。恰好这时候,大学同学兼同屋李君的儿子由乡下来看我,他没车,我让他骑走,嘱咐一句话:"这是我半生的助手,要爱护它,就是不能用也不要卖。"他骑着走了,我下楼,目送这辆车消失在路的拐角处。

其后,我还是住在闹市,也就有时还要用代步。远途间或有,借助火车和飞机。我不通数学,可是对于代步,却借用数学语言发过只可自怡悦的评论,是速度与诗意成反比,即速度越快,诗意越少;速度越慢,诗意越多。有古事为证,王荆公离休(领祠禄,相当于今之离休),优游于钟山之下,诗是骑驴作的。有人也许要反驳,说是因为其时还没有波音747和奔驰。我对争论无兴趣,那就闭门却扫,说自己的。我也坐飞机,但总是觉得,除赶路以外毫无足取,因为旁看下看,都是茫茫然。不能看,天生双目何用?只看空姐?由这个角度看,火车就多有可取,比如由北京往上海,过德州,可以买烧鸡,来点唯物享受;过苏州,可以望虎丘塔,来点唯心享受。飞机,无享受,火车,有享受,就我说,都是不经常。转为说经常的,是每周要坐几次公共汽车和无轨电车。坐这样的车有小苦两种,车站不在家门之外和挤。还有大苦两种,都来于眼见。一种是经常,幼青壮年上车如冲锋,为抢座，使人不能不生杞人之忧。忧什么？下一代如此无教养，我们还敢想前途吗？另一种是偶尔，花枝招展的女士，有座位，两手陈列于膝上，像是意在显示，指上黄圈竟多到五六个。这使人不能不想到时风的所谓荣誉，也就不能不深深地叹一口气。气，自讨苦吃不好，改为说自求多福的。办法是注目窗外，温旧梦。旧梦不少，语云，虱子多不咬，账多不愁，只好改用不即不离法，用一首歪诗概括车中的所思或所曾思。诗云："未得南园醉，仍来北国游。古城余禁苑，新路起危楼。赖有咸阳约，应无厂卫忧。黄垆何处是？忍泪过西州。"这是说，我有新的喜悦，但也不少旧的怀念。怀念的当然主要是人，单说沿路景物引起的，有世五兄，已经下世七年了，有墅君，借用李义山的诗句，是"十年泉下无消息"。这也有小得，是不用找代步去看他们了。

说这是得，是因为我年事日高而精力日下。莫非如南郭子綦，心也如死灰了吗？又大不然，比如有时我就真想有一辆汽车，奔驰好，桑塔纳也可以。这样，我就可以再到儿时的游乐之地看看，常下水的南河还有水吧？外祖家村南的白杨树还健在吗？都离我太远了。近的也不少愿望，而且是更迫切的。这是指病而且老的一些朋友，如刘慎之兄，只是因为他住处僻远，我无代步，就未能在他弥留之时恭送，成为一生憾事。这样说，如果我发了财，也许就同样买汽车吧？这是由代步引来的幻想；事实是我必不能发财，这样的幻想就不可有而可无了。

起火老店

几年以前（1982年）的夏末，多年住在张家口的大学同学王君来信，说应该抓紧时间去游云冈石窟，不然，怕一再拖延，想去也办不到了。我同意他的高见。——还应该说佩服他的预见，因为几年之后，他有一次图近便，上街不绕行学校大门，继青少年之后，由施工临时拆的墙豁口上下，果然一滑就滚下去，住了很长时期医院，放还，只能借木拐之助由东屋走到西屋了。这是后话。还是回到几年前，是秋天，我由北京出发，到张家口住一夜，于次日过午，与王君登上西行往大同的车。当然不是一路无话，但说些什么早已忘记，只记得快到的时候他说，市长是他的老朋友，他不想找他，怕反而麻烦。我表示百分之百赞成。到站，下车，出站南行，迎面是个五层豪华建筑，牌子是什么什么宾馆。他问我的意见，我说太新，不想住。他说，那我们就往南，进城，找旧的。我心里盘算，北魏平城的风光自然看不到了，如果能找到个李凤姐当垆那样的酒馆，不是也很好吗？于是我们上了南行入城的公共汽车，言明想在城中心一带下。到了，下车，恰好路旁坐着一位老者，老者是总会同情老者的，于是上前说明所求，是找老店，越老越好。他说，再南行十几步就是城中心，往东是东街，过九龙壁不远，东门以内，路北有个店，可以去问问。我们东行，果然不久就找到，入门一个大院，都是平房，虽然还整齐，却不新，觉得好。到账房，坐着站着几位，都是妇女，知道是个妇女店。招待的办法也特别，先谈家常。问从哪里来，干什么的，多大岁数，到大同来干什么，为什么没有年轻人跟着，等等。我们说来看看云冈石窟。大概以为像我们这样的年纪，应该在家里坐以待毙吧，全屋人大笑。好容易才说到住宿的事，于是在一个本子上填写，填写完了，加问一句："在店里起火吗？"我们一惊，没想到八十年代了，居然还有这样的老店。但没有经过再思，就据实陈述，说到饭馆去吃，不起火。

晚饭在附近路南一家饭馆吃，质量很坏。第二天早起，看看附近街巷，没有遇见李凤姐当垆那样的酒馆。不得已，只好现代化，找高级饭馆。承人告知，是西街靠近华严寺那一家。去试，门面，陈设，果然高了；只是可惜，饭菜的质量还是不佳，就是山西第一名菜的过油肉也是难于下咽。晚上，我们回到妇女起火老店，对床夜话，禁不住自怨自艾，说我们俩都糊涂，"人家问起火不起火，为什么说不起火？"如果说起火，推想那些大笑的大姐大嫂一定来指导帮忙，热热闹闹，弄两样菜，坐在店房里，佐以白酒二两，能够酒足饭饱且不说，此生还能到哪里去找这样的诗境梦境呢？但君子一言，驷马难追，三四天之后，我们只能怀抱着这个遗憾，连带下面的半空肚皮，与起火老店的大姐大嫂们作别，自西徂东了。

从那次以后，我才知道起火老店还有这个类型的。这大概应该算作正牌的，因为顾名思义，是旅客可以在这里起火，自己动手。自己动手有好处，是吃什么有较多的自由，而且可以合口味，省财力。但这样的优点并不是人人能利用，因为没有人力和技术就办不到。我和王君一无人力，二无技术，而想利用，起因有二：一是想取巧，推想我们这样的老朽下厨房，在这些大姐大嫂眼里是天外飞来的笑料，岂能放过，而一来，一看，大笑之余，必不免技痒，或说想显显，于是我们就可以让位，坐享其成了；二是对于上面提到的诗境梦境实在爱不忍释，于是就饥不择食，学有些聪明人，为达目的不择手段了。但是，再说一遍，遗憾的是只是想了想，良机错过，悔恨也无济于事了。

与大同这一家相比，另一个类型也许应该算作副牌的，也起火，只是不由旅客下手，而由店里人下手。旧时代，没有特快软卧，更没有波音747，出外，旅途难免劳顿，好容易熬得走进旅店之门，就不想再活动，于是起火的设备或措施就显露了优越性，问问店主东有什么吃的，三言两语，一会儿端来，热气腾腾，就真是宾至如归了。住大同起火老店之前，我只知道，也想象，只有这个类型的。知道或想象，根据的绝大部分来于旧小说。依厚古薄今之例，印象最深的是唐人写的。一处是在邯郸旅舍，为不得富贵而叹息的卢生，得吕仙翁的仙枕之助，做了五十多年的繁华梦，及至醒来，店"主人蒸黍未熟"，见于沈既济的《枕中记》。旅客在枕上酣睡，店主东在不远的地方蒸黄粱米饭，是地道的起火老店的风光。另一处，更可以引人入胜，是十八九的绝美女郎红拂，思想解放，学习卓文君，跟随李靖北逃，到灵石旅舍，忙里偷闲，解发梳头，虬髯客在旁边欣赏，"炉中烹（羊）肉且熟"，其后是李靖买来胡饼（今名烧饼），大家一起吃，见于杜光庭的《虬髯客传》。英雄美人在店房之内聚会，不远处羊肉就要出锅，也是地道的起火老店的风光。

记得什么人发过高论，人就是那么回事，算作劣根性也好，优根性也好，反正最欣羡的是自己缺欠的。我自然也未能免俗，出外次数不很少，旅店，住过各种形式的，包括高层的大楼，却总是希望，像旧小说所写，就是不能遇见吕仙翁，能够斜倚被卷，看看店主东蒸黄粱米饭的炊烟也好。可是事与愿违，一直找不到这样的起火老店。说来也可笑，还为此发过神经。一次是用放大镜，在影印大幅的《清明上河图》上找，结果失了望。又一次，在窗前晒太阳，却一阵神飞天外，仿佛经过一天的长途跋涉，日落之前，终于望见城郊的起火老店。于是旧病复发，诌五绝一首，是：严城遥在望，夕照满谯门。客舍青梅酿，今宵罄几樽？

这不是黄粱梦，是白日梦，所以比卢生更加可怜。想变可怜为安慰，于是挖空心思想，而万幸，就真想起一次，千真万确的实境。那是上小学时期，到县城去开观摩会。同行十几个人，由家乡启程，西北步行五六十里，当然很累。望见城垛口，已经是太阳偏西时候。平生第一次入城，北行，住在北门内路东一家旅店，是名副其实的起火老店。晚饭由店里人做，烙饼，熬肉片白菜豆腐，直到现在印象还清楚，是既味美，又亲切。夜里，睡在起火的火炕上，暖而偏于热。清晨早起，精力恢复，一起上城，半走半跑绕了两周，然后下城吃饭。就这样，总有三四天吧，观摩完了，怀着恋恋之情，与这起火老店分别了。

一晃几十年过去，是前年，有偶然的机缘，又到县城。这一回是由西北向东南行，可以在上面跑一圈的砖城连痕迹也没有了，北门自然找不到。走到一条由北向南的街，同行的人说，这起点就是昔年的北门。路东有房，已经不见旅店。我禁不住想到当年的起火老店。连带也想到大同的起火老店，那一次，有更多的获得劳顿后的温暖的机会而轻易放过，怨天，尤人，都无济于事，还是只能怨自己糊涂了。

药王庙

也许由于有较深的贵远贱近的陋习吧,我常常想到过去。舍不得,但时间铁面无私,终于都过去了。补救之道是以记忆为资本,想想,如果有人肯听就进一步,说说,以争取阿Q式的胜利。所想或所说,当然最好是比较远的,于是就想到药王庙。

药王庙是我的家乡镇立小学的所在地,在镇的西北角。我们村在镇西一里,住户不多,没有学校。民国初年,我六七岁的时候,到那里上小学。一天往返两次,都是取道村北。大概有一里多路吧,出村向东北望,可以清清楚楚地看见庙门和钟鼓二楼。在我们那一带,药王庙是个大建筑,坐北向南,有三层殿。前殿供着大肚子嘻嘻笑的弥勒佛。走过前殿是个大大的院落,我们称为前院,东西对立着两层的钟鼓二楼。中层正殿是全庙的中心,高大宽敞,前面还有方广的砖陛。殿内坐着药王的金面塑像。塑像背后,隔一层板壁,面北立着韦驮的塑像。正殿之后是后院,左右有两棵很老的槐树,夏日浓荫遮天,常由上面垂下俗名"吊死鬼"的槐蚕来。后殿三间,正中供着坐在大莲花里的菩萨。后院有东西厢房，改作小学的教室。后殿西侧有北房两间，是老师的宿舍。正殿西侧有南房两间，是看庙道士的住所，兼作烧开水的茶炉房。

这庙是什么时候创建的，也许有碑文可查，可惜那时候我还没读过《碑版广例》之类的书，对于石刻等等不怎么热心，以致视而不见。但它是一座古庙却是无可置疑的，残旧且不说，就是传说也很有出色的。譬如说，正殿前有个铁钟，坐在泥地上，不很大，样子也没什么稀奇，可是据说，这是很早很早以前，发大水，菩萨骑着它来的。另一个传说，庙里住着一条大蛇，左近的人不止一次，看见它身子缠在钟鼓二楼之上，伸出头，到庙前的水池里去喝水。我那时想，这样的蛇，身子总当有大缸那么粗吧，很怕，却又颇想看见一次。但是不凑巧，始终没有遇见。蛇，庙里确是有，几年之间，也见过几次，但都不过二三尺长，像大指那样粗，而且并不胆大，看见人，总是惶惶然地钻到洞里。可怕的小动物之中，最多的是蝎，记得一个夏夜，我们几个学生提着铁桶，沿着墙根走，只是在后院转了一圈就捉到五十多只。

我的启蒙老师姓刘，是镇北五十多里县城以东渠口镇的人。听说中过秀才，所以在农民的眼里，是比"白丁"高贵得多的。也许就因为有这个资历，所以身量虽不雄伟，态度却非常严肃，即所谓不苟言笑的。秀才到"洋"学堂讲共和国教科书，这是大材小用，有点类乎公主下嫁蛮夷，推想心里总该有些不释然。果然，我们上学不久，他就劝我们一些人搬到学校里住，夜里他可以给我们讲点四书。我们不知道四书中还有什么治国平天下的大道理，反正老师既然要发愤忘睡，总当是好的，我们有些人就搬去了，住在菩萨大士的东隔壁。此后，老师吃过晚饭，就在西厢的教室里给我们讲四书。现在想，老师的教法颇为奇怪，一是不从《大学》开始而从《孟子》开始，二是不先背诵而先开讲，这或者就是维新吧？这样，从"孟子见梁惠王"起，老师一章一章地讲下去，我们一章一章地读下去。很抱歉，我们竟不像老师那样感兴趣，有时反而觉得有些厌烦。这倒不是对孟老夫子有什么意见，——说实在的，孟老夫子的话，我们觉得有些是很有风趣的。譬如"寡人好色"，我们当时眼中的大人都不肯说，而孟子说了。又如滕文公的爸爸死了，听了孟子的话，如此如彼一番，结果是"吊者大悦"，这就使我们像是看到一个戏剧的场面，觉得很好玩。我们感到厌烦，原因很简单，是发困而不得睡。老师讲书，正颜厉色，何况又是出于尽责之外的好心，我们当然不愿也不敢显出困倦的样子。但是睡魔偏偏不留情，常常是老师讲得兴高采烈的时候，我们的上眼皮就慢慢垂下来，说不定头还会突然地点下去。这很怕被老师发现，于是就想个主意，隔一会儿用墨盒向眼皮部分擦一擦，希望借此可以清醒一下。这个办法有些功效，但是作用不大，所以"如临深渊，如履薄冰"的心情还是难免的。我们最希望晚上老师来客人，那是镇西边不远另一个小学的老师，他一来，晚上就不上课了，我们如鸟出笼，皆大欢喜。"《孟子》者，七篇止"，我们读了一半或多一点，不记得为什么停了。四书读了不到一书！说到收获，却也不是一点没有，譬如考大学的时候，作文题是"不患寡而患不均，不患贫而患不安，试申其义"，我就利用当年的窖藏，写上"河内凶，则移其民于河东"云云，没有曳白出场，想起来是应该归功于秀才老师的。

这位秀才老师，借讲《孟子》宣扬圣贤之道；我们觉得，代圣贤立言的人当然是圣贤，至少必是躬行君子，所以对他总是怀有深深的敬意。但是有些事又颇使我们起疑心。主要的一件是对娶妻过于热心。也许是因为新丧了妻吧，老师鳏居了，不记得听谁说，正在有人给他做媒。这传说大概不假，因为看得出来，老师的心情是兴奋加一点点焦虑。不久，听说东邻的临时洞房找定了，接着是迎娶。据说女方是个寡妇,照当时的习俗,娶寡妇,行婚礼,男方要用秤钩把女方的蒙头红巾钩下来,然后第一次见面。结婚的时候不许我们去看,我们不上课,坐在屋子里想象老师迈着方步,举起秤钩去钩掉红巾,然后定睛相看旧新娘的样子,心里有些不自在。这是因为,那时候还没听到过"关雎,后妃之德"一类的大道理,以致认为这是男女之事,同老师的尊严很不调和。这怎么解释呢?总算勉强找到为老师辩解的理由,是"可一而不可再"。但是偏偏又不凑巧,老师的这个妻子,结婚不久就死了,接着找了另一个寡妇,很遗憾,那兴奋而焦急的样子,似乎比第一个更厉害。这使我们很惶惑,怎么也想不到,老师也会未能免俗。

  庙里另一个重要人物是看庙的刘道士,那时候总不少于七十岁吧,我们都尊称他为"道爷"。他大概不是真正的道士,短短的白发垂在脑后而不束在头顶,也没见他戴过道冠,穿过道袍。这位干瘦的老人,态度是和善的,却不大喜欢说话,也许是不屑于同我们说话。只是有一次,我们在厕所的院里流连得太久,他有些不耐烦,就说:"你们知道吗?县长拉屎都有急地,坐着轿,忽然让停住,下轿,扑哧,完了,即刻上轿,仍旧赶路。看你们,你们!"我们认为他的话是确实的。但我们不是县长,没有县长那样的要务,在厕所院里说说闲话又有什么关系呢?我们的县长因忙而择急地的推测,不久就得到证实,有一天,县长因公务下乡,到学校来休息了。老师率领我们列队迎接。在后院,我们看见一个中年人,白面长身,穿着绸袍,在正中走,左右簇拥着一些人。我们想,这当然就是县长了。他走得确是相当急促,但是走到屋门外却忽然停住,很轻捷地伸起一只脚,旁边一个人,想当是随从了,用布甩子熟练地抽了几下,然后伸起另一只脚,照样抽一遍,进屋去了。

  在药王庙看庙是个美差。庙前后有一些田地,由道士自种自收,代价只是给老师做三顿饭。另一项收入是每月初一、十五，病家到庙里烧香时供献的供品和香火钱。再一项收入是卖秘方膏药的专利。这秘方膏药，其中一种药料是乌龟。每次制膏药的前几天，不知道从什么地方，道士就弄来一只乌龟，大约有碗口那样大，拴在后院西北角的墙根下。乌龟静静地伏在地上，两只小眼睛圆睁着看人。我们有工夫就围着它看。有的人还直立在它的脊背上，它坚忍地挣扎着。不知道谁从什么地方听来的，说乌龟可以用作柱础，只要让它面向西北，它就可以靠吸气而长生不死。我们不知道这是否确实，很想试验一下。可惜庙里没有修建房屋，而那个小乌龟，在院里瑟缩不了几天，就死于刀下，烂在药锅里了。熬膏药时候，一种奇怪的臭气使人欲呕，要多半日才能过去，我想，这或者就是乌龟对人类的无可奈何的抗议吧。

　　药王庙的生活是单调的。我们也看见过所谓"闹学"，年画上印着的，老师坐着打瞌睡，学生用墨笔在老师脸上画眼镜。但是我们的老师太严肃了，我们不敢。课堂里书声琅琅，空气却是沉闷的。破闷的唯一妙法是抢到出恭牌，到东小院的露天厕所去游荡一下。但是时间不能太长，因为后边总有不少人等着，还有，也可能被老师指出名来申斥一番。有个时期，不知道由谁发明，有不少人到厕所偷偷地吸起香烟来。烟是小鸡牌，盒子上印着一只大公鸡，一包十支，价钱最便宜。略贵一些的是海盗牌，盒子上印着一个西方武士，挂着一把军刀，我们称它为单刀牌。白白的一根纸棍，用火柴一点，一端就变红，用力一吸，向上一喷，一缕白烟就悠悠荡荡地飘上天空，很好玩。但是欢乐不久，扫兴的事来了，老师到厕所去，看见谁正在喷烟了。接着是老师怒气冲冲地坐在讲桌旁，大声呵斥："谁吸烟了？快说！"那个被看到的学生赶紧站起来声明："老师，我没吸。"老师冷笑了一声，说："就是你，过来！"其后是用戒尺惩罚一番。这戒尺，是约一尺长的一根木板，光光的，平拍下去，打左手的手心，声音是清脆的。平心而论，老师惩罚学生还是偏于宽的，用戒尺训诫，不过十下左右，比起有些老年人所说，当年私塾里是让跪在砖上，头顶一碗水，或者用木棒打头，真是小巫见大巫了。

现在想，老师对于维新，也算尽了最大的力量，比如讲《孟子》在晚上而不在白天，训诫学生只用木板而并不罚跪。但是不知道是不是还是苦于赶不上时势，有一年春季开学，他不来了。推想是被辞退。接着学校就大举革新，沿着后殿往东建了新的教室，教室前面还竖起篮球架。新请来的老师是从师范学校毕业的年轻人，未必能讲《孟子》，却会念 a、b、c、d、e；装饰也不同了，最显著的是脚上不再包一层布而头上加了油。道士也换了人。新来的一位姓宋，比旧的刘老道年岁小得多，世故却多得多。对于老师和镇上的士绅们，他当然是恭顺的，就是对于我们年级高的学生，也常常是客客气气，甚至不经意地称为"先生"。我们毕业的时候，他预言我们将大阔特阔，希望我们不要忘了他。过了一些年，我回家乡，曾经践约去看他。我没有阔，他却发了胖，听说由于很会修身齐家，已经由小贫升为小康了。

书

书有歧义，书籍之书，多用；书法之书，少用。这里从多，指书籍之书。书所指定，从哪个角度谈它，还要先说清楚。可以用目录学家的眼看，那就单说分类，写成文本，也会汗牛充栋。可以用学究的眼看，限定一门，钻进去，也会不知如何再钻出来。还可以顺时风，从所谓效益的角度看，问题就更加复杂，比如内容正经，色不发黄，有些人就不欢迎，反之，也有人，纵使数量不大，会不欢迎，一笔糊涂账，算清就不容易。人生多是躬逢所谓盛世而多难，语云，自求多福，可以躲开的麻烦，当然以躲开为是。那么，文题白纸黑字已定，如何写呢？决定损之又损，或说由街头退入内室，只说它与自己的私交。私，与国计民生无关，可是自己感到亲切，也就无妨唠叨几句。

想不到一开头就遇到个困难，是这私交的交由何时开始，由哪一本开始。我清末生于一个极平常的农家，父亲念过三、百、千，因而识字，能写八行书之类；至于是否进一步也四书五经则不知道，至少是我上小学以后，没见过家里有这类书。那么，想确定能觉知（始于何时，只有天知道）以后，我第一次看到甚至接触的是哪一本，就只好借用胡博士治学法宝的前一半，大胆假设（后一半为小心求证）了。假设的结果，是俗名皇历、官定之名为《时宪书》的，因为如今日之挂历，为家家所必备，并且经常放在桌面上，以便有时想到邻村去看看大姑、二姨之类，先要查查是否宜于出行。说官定，是因为乃钦天监所定所颁，不像现在，有出版力量的就可以争奇斗胜，抢先挂在街头，赚钱。又因为来自钦天，性质也与今日的挂历有很多分别，即以封面而论，那时是标明几龙治水，现在循"竹不如肉"的原则，变为半裸美人。内部呢，以我手头还保存的我出生那一年的《时宪书》为例，复杂得很，单说十二月十六日我出生的那一天，其下没有注公元年月日，却刻"丁卯火井满宜祭祀"几个字。我不是《易经》迷，也就不信由几根草棍的排列可以推断自己能否上登青云。可是，正如有的人占梦用二分法，曰佳兆可以不信，恶兆不可不信，对于生日那一天的钦天所批，我却也曾效不少"红"家之颦，想在"一从二令三人木"之类的迷魂阵中看出点门道来。我抓住的是"火"和"宜祭祀"，于是一推算就大有所得。那是就五行说乃火命，其含义也许就是庄子所慨叹，"其耆（嗜）欲深者其天机浅"吧？如果竟是这样，"命矣夫"，又有什么办法！再说宜祭祀，我不止一次引英国培根的话，"伟大的哲学始于怀疑，终于信仰"，可是我就苦于只能做到前一半。这给我带来不少麻烦甚至痛苦，其中有道的，有俗的。总之，我应该步许多人之后，也请个或大或小的龛，其中供个什么神，以期生有所靠，死有所归。可是知而不能行，至今还没有个龛，也就还茫茫无所归。想到这里，我几乎禁不住要高呼："伟哉钦天所批，我确是宜祭祀。"闲扯这些，等于吃后悔药，干什么呢？因为是谈书，一生中视和思的最亲密的伴侣，凡事要重个开头，此《时宪书》乃开卷第一回也。

再说有案可查的开卷第一回，是上小学以后，最早看到的共和国教科书中《国文》第一册。现在还记得是商务印书馆所编印，32 开，线装，油光纸，石印大字，开头几页有字有图，字是"人手足刀尺，山水田，狗牛羊"，其下就记不清了。文没有高到圣经贤传，但也没有强制信受的教条，所以，也许更有力的原因是儿时的所有吧，我有时想到它，就以它未能躺在现在的书橱里为遗憾。旧的，即使不遭"除"之劫，逝去的也太多了，想开些也就罢了。

其后是离开家乡，到外面，先则上学，后则就业，混饭吃，一晃就差不多七十年过去。与书的关系，看，专就量说是线形，前后没有什么变化；买就变为枣核形，中间大，两头小。看，多而杂；买，与嗜书家尤其藏书家相比，不很多，但也杂。显然，谈这方面的情况，就不宜于由具体方面下笔，原因之一是当年没有记离开日记之账，理清很难；之二是即使能理清，写不胜写，也必没有人有耐心看。但就这样放过也有点舍不得，不得已，来个总而言之，是不管是看还是买，都实用和趣味兼顾，举个极端的例，《十三经索引》是实用，至于《回文类聚》，不过看看好玩而已。还要再来个总而言之，是所看与所买相比，后者的量小得很多，原因也是两种：一是有很多书，觉得好，甚至很想装入自己的书橱，可是买不起，或兼无处去买；二是有更多的书，看过或只是翻翻，觉得没有它也有好处，是既可以省钱，又可以省地方。

以上近于闲篇，表过，应该转入正文，说私交，即阑入己身生活或影响己身生活的。这有可意的，也有不可意的，人生难得开口笑，先说可意。可意，有的由看来，有的由买来，先说由看来的。这有浅深两种，先说浅，后说深。

浅是"消闲"。唐人李涉诗，"因过竹院逢僧话，又得浮生半日闲"，连《千家诗》也收了，可见闲贵重难得，为什么还要"消"呢？人就是这样一种奇怪的生物，忙了他（或她）叫苦，可是闲真来了，他又会闲情难忍，喊"日长似岁"。怎么办？办法万千，可以各取所好，或所惯。如昔日，男老朽，可以寻同道，喝四两半斤；女老朽，串门，说张家长，李家短。今日呢，花样多且翻新，如远可以旅游，近可以奔入卡拉OK。我路子少，连圣人网开一面的博弈也不会，而又最不能忍闲（或享闲），所以偶尔得闲，就不能不设法消。我的办法，最常用的是向书乞援；而书，也必伸出救援之手，使我安然度过难挨的片刻甚至长日。为了什么写作教程上标榜的形象化，像是应该有实事为证。一想就有两件涌上心头。一件是身心俱闲之时。何以能有如此清福？是四十年代晚期，因劳累而患胸膜炎，被送往地安门内清源医院。住几天，烧半退，卧床而清醒，真就日长似岁了。只好向书乞援，让家里人送来青柯亭本《聊斋志异》，本子不大而字大，看不费力而故事有情趣，总之就使难忍之闲化为轻松度过。另一件是身甚忙而心甚闲之时。那是在干校接受改造时期，繁重劳动之外，有时也要面对书桌。桌上只许有小红书，面对，如参古德的话头，总是迷而不悟，于是偷看唯一的"深藏若虚"的一本合订的《唐诗三百首》和《白香词谱》。遗憾的是"天网恢恢，疏而不漏"，不久就有进步人物发现，告密，并定性为阶级斗争新动向。处理是批斗其人，没收其书。"闻道长安似弈棋"，"杨柳岸晓风残月"看不见了，只好乞援于心里的书，这是一直记得的玄奘法师译的《心经》，于是再有面对小红书之机，就背诵"观自在菩萨行深般若波罗蜜多时……"赖菩萨保佑，进步人物就竟至没有发现，因而也就未定性，免于批斗。

消闲，闲不多，而且消了就鸟尽弓藏，所以说浅。转而说深的可意，那就一言难尽。或者竟是难说，因为，如西方的《圣经》，东土的《南华真经》，就都欣赏混沌而厌憎知识，而我这里说书会带来深的可意，这可意正是指"知识"。怎么调停这看法的两歧呢？我想，混沌是个高不可及的生活境界，也许竟是佛家想望的涅槃的现实化吧，可惜人力有限，所以七品芝麻官郑板桥慨叹："难得糊涂。"或者就借用《圣经》的叙述，既已偷吃了智慧果，只好扔开伊甸园的幻想，退而求其次，是既已有知，就干脆求多知一些。这之后就不能不颂扬书的功德。大致说，书都是过往的多知的人用书写的方式告诉我们的他们的所知，所以笛卡尔说，读书就好像同（其实是听）高尚的古人谈话。听多了，继以思，自然会有所得。这所得，总的说是知识，分说或具体说，又会千差万别，因为所读不同，吸收到头脑里，整理，评骘，取舍，还必致受"天命之谓性"的影响。泛论不成了，只好说自己的。这也大不易，不是因为所知太多，说不完，是因为自己究竟知道什么，连自己也说不清楚。但文是还要作下去的，只好搜索枯肠，并不避吹牛之嫌，说一些自认为分量较重，还值得拿到案头陈列一会儿的。这是一，因为读书，就秀才不出门，便知天下文（闻？）。这是利用旧话，表示借读书的光，才能知道人间、天上许多本来不知的事物。实际当然比昔日秀才的所知多得多，比如大的，外界，远的，以光年计，而年月日所表示的时间，又会因运动的加速而变慢，小的，人的总性，分性，都受细胞中染色体的制约，可见之物由不可见的原子组成，原子也是个复杂结构，等等，昔日的秀才就不知道。还有不少昔日的秀才可以知道的，如隋炀帝杀父、唐明皇夺媳之类，以及司马相如不作八股、赵飞燕不缠小脚之类。此外，各门类，由巨到细，"知也无涯"，说也说不尽。不尽，姑且算作多知，有什么好处呢？举不出有哲学癖的人也会首肯的理由，勉强说，浅入，是人生一世，多知总比不知好，深入，知的近邻是明理，可以致用。这就过渡到其二，明理，或说有分辨真伪、对错、是非的能力。这场面嫌太大，我想缩小为一点，是不轻信。这内容仍嫌太多，只举一点显著的。如与权势有关的那些好听的话，上至尧舜禅让，帝王降生，五彩祥云照户，即位后爱民如子，下至什么头头，一贯奉公守法，等等，我总觉得事实必不如此。又如宣扬什么信条，说只要信受奉行，娑婆世界很快就会变为天堂，我也总是一笑置之。不信，且不说对错，这样一人向隅，有什么好处呢？大概没有什么好处，勉强说，不过是存诚，心可以较安然而已。再说其三，我一直自信为因读书而有的独得之秘，是有些深思时会碰到的大问题，我们必弄不明白。这有属于天的，如情况为什么是"有"而不是"无"？有属于人的，是饮食男女，生生不息，有没有什么究极价值？不明白，还自夸为独得之秘，是因为我有时想，人有生一次，为天命所制，能够知道自己的知的限度，这就有如欠债，无偿还能力，能够知道确数，盖棺时也就可以瞑目了吧？还可以借"圣人之言"，说得冠冕些，是"知之为知之，不知为不知，是知也"。如果这样的不知也可以算作知，这所知显然也是读书之赐。

  再说由买而来的可意。这就性质说很简单，是当年喜欢淘旧书，买到，不难得的可小喜，难得的必大喜。先要解释一下，何以只说买旧书，因为事实是几乎不买新书。这还要有原因。重要的有两个。其一是经济学的，我穷，上有老，中有妻，下有小，都要吃饭穿衣，买书之钱，只能由必需的日用中截留一点点，少，还要办大事，其时旧书多，价廉（比如鲁迅《呐喊》，定价七角，初版的一本毁于七七事变的战火，一九三七年九月由旧书摊重买，为一九二七年三月第七版，仍紫色封皮，毛边，价仅一角四分），语云，钱要花在刀刃上，所以只能买旧书。其二可以称为狩猎学的，是只有到深山密林，才可以猎到市面不见的犀象之类。犀象，稀有，还是只说家常。单说枣核的中间一段，大致是由三十年代晚期到六十年代早期，每周总要挤出一点时间，骑车，逛卖旧书的摊店。上面说过，其时旧书多，价廉，出去逛几处，几乎没有空手而返的时候。用书包装回，远交，所得是知识，可不在话下；难忘的是近攻的所得，或短期或长期的欢乐。说欢乐，或者还不够，因为事过境迁，有时回首，总浮生之账，虽然外不少横暴，内不少穷困，而仍有勇气活下去，甚至感到人间还有情理，有温暖，有希望，就是（至少是一部分）因为还有"书"在，尤其是仍躺在书橱里的那些。近些年，我很少买书，因为一则无处安放，二则已经到了"及身散之"的时候。可是说到散,看看案头床下,尤其早年买的那些,已经相伴半个世纪了,又实在舍不得。这难割难舍的心情主要就是由昔年长期享受的买书之乐的记忆来。

自然,记忆里也有不可意的,那是书的散失。值得说说的有两次。一次是七七事变,存于保定育德中学的书,连同衣物,都"黄鹤一去不复返"。数量不多,可是有不少二三十年代的新文学作品,而且是初版本,戴上现在的眼镜看,也就可惜了。另一次是一九六六年的夏秋之际,"大革命"以龙卷风之势卷来。思想要求纯正、一统,红卫英雄干劲冲天,领来生杀予夺之权,而我的存书,有不少,轻则不很纯正,重则很不纯正,又,谁也不知道红卫英雄的秤是否准斤十六两,冒险可能有险,于是为保险,连夜清理,估计可能引来大祸的都清出,易烧的,如线装竹纸的佛经之类,烧,不易烧的,如外文书之类,由孩子骑车运出去,扔。多年,怀着欢乐的心情,一本一本运回家的,就这样去了一半。心情不再是欢乐,而是,借用钱牧斋卖宋版前后《汉书》时的话,"李后主去国,听教坊杂曲,挥泪对宫娥,一段凄凉景色,约略相似"。烧、扔之后还有余韵,是时势使然,必须迁居。居住空间由大变小,书也成为床少人多,纵使碍于情面,也只好请一些膀大腰圆的到废品站去安歇。就这样,又清出一批,所得呢,以八分一斤论价,换回大团结数张之多。

过去的就让它过去吧,换为说说近些年的。时移事异,不东跑西跑淘旧书了,新书的量却有增无减。来源主要是作者赠或出版家赠。所赠还有块头大、价钱高的,如《中华名匾》是一百五十元,《阅微草堂砚谱》加倍,三百元。天之生材不齐,只好都给它们个安身之地。正如我国的三才形势,天地未变而人则火速增加,只好挤。起初是桌面没有了,继而一个单人床面也没有了。看来挤的势头还不能终止,怎么办呢?只能走着瞧,希望车到山前自有路。

还有个情况,本不想说,可是刚才说到挤,举目一扫,碰到强占地盘还有几包未开包的，只得也捎带说几句。算来总有十年了吧，写些不痛不痒的，不再有轻则批斗、重则劳改的危险，于是旧病复发，就也拿笔涂抹。借出版业主江海不择细流的光，所涂抹，有些变成铅字，甚至订成本本。人，总有不少乐于从众摇旗呐喊的，于是有时，碰到适于摇旗呐喊的场合，就随便抓个学者或作家的帽子，往我的头上戴。我的经验，对于好意的帽子，比恶意的就更难办，因为如果你辞谢不戴，一霎时就会升级，成为既有大成就而又谦逊的学者或作家。所以只好不纠缠这些，只说因自己写书而来的苦难。一是成书很难，即使思路里已经有了东西，也要一个字一个字地写。近年有了什么电脑新玩意儿，还有人劝我维新，我自知心灵迟钝，必跟不上，所以还是一个字一个字地写。幸而功到自然成，一年两年，可以印成本本，有人肯印成本本，拣字，排版，打型，可是征订数只是三百五百，真是急杀人也。也曾想来个手推车，上载书和笔墨，到大街小巷去叫卖，而且是签名本。可惜我老了，心有余而力不足，只有望豪举而兴叹了。

这样诉苦不好，只得躲开自己的写书，仍说存书。前面曾提到及身散之，现在是有不少，估计不会再用，将来总有一天，都不再用，是否也来个未雨绸缪呢？我想过这个问题，答案是暂不想它。如此处理，细想，理由还是感情的，比如康德《纯粹理性批判》的三种权威英译本，估计不会再读，可是想到当年节衣缩食，奔跑旧书店，买到时的喜悦，读时的所得，实在不忍看着它由我的身边走向远处。就说是佛门视为大忌的爱染吧，既已爱了这么多年，也就不想改弦更张了。

顺着爱这条线，还可以说个遐想，是由不久前，与个年轻人谈《兰亭序》帖引起的，这是到盖棺之时，是否学李世民之以心爱的墨迹殉葬，也拉一两种相伴多年之书，仍旧做伴，同归于尽呢？用不用，如果用，用什么，一时还想不好。无力完成的事放放也好，那就只能且听下回分解了。

窗

人由穴居野处起就有个避外来侵扰之地。外来侵扰有有生命的，由人到虎豹、蛇蝎都是；有无生命的，风雨、寒热之类是也。与有巢氏的构木为巢相比，穴居是改善。只要人种不灭、人心不死，还要改善，中间变化很多，由茅茨不剪而府第，而宫殿，直到仰面不能见其顶的高楼，皆是也。茅屋也好，高楼也好，住于其内，就有了个自成一统的小天地。这小天地寓有封闭之意，却不能完全封闭，因为人要活就不能离开住屋之外的世界，例无限，轻，碧螺春不能入就不能泡茶，重，双文不能入就不能唱佳期了。所以要辟门，要安窗。门所以便出入（包括阻止出入），窗所以通气通光。小文难得兼顾，决定舍去门而只说窗。

窗是能兼顾的，气方面是吐故纳新，光方面是室内之物由不可见变为可见，由不清晰变为清晰。这兼顾的两方面有没有高下之分？理，难讲；只看事实则是千百年来久矣夫，都是对光热而对气冷。我见闻不多，记忆更差，关于窗通气的功德，搜索枯肠，只搜到一桩，是立在窗外偷听室内的秘语，且夫秘，多与政场或情场有关，有道之士所不愿闻或不忍闻者也，我又何必沾染这淤泥？所以这里说窗，也就安于片面，泄了气而只欣赏光。

有光，能办无光不能办的许多事。走正人君子一条路，要把"学而时习之"的学放在最上位。常说十年寒窗，且不管学的是五经还是八股，标举十年，总是意在强调有成，也许中间还要加上多情小姐花园赠金，之后就真是金榜题名，光宗耀祖云云，所有这一切，没有窗是必不成的。由十年寒窗还会想到同窗，我的经验，这所同之窗最好是早年的，现身说法，是儿童时期的，因为心最纯，情最亲。我有幸，这样的同窗颇有几位，只是可惜，都作古了，所剩只是一些亲和的影像，这影像，寻根溯源，也是无窗就不能有的。

儿童时期与小伴侣所同之窗是学校的教室之窗，前檐下的上部大半都是，成为全面的，所以很大。我也见过很小的窗，那是凤阳乡村，"文化大革命"时期，我奉命到干校去接受改造，在干校附近看到的，都是茅草屋顶，四面土墙，前面门旁偏上方开个方形小孔，每边约一尺多。这样小的窗，通光的能力有限，所以妇女做针线活，都是搬个坐具，坐在门外，如京剧花旦之演《拾玉镯》。人的生活经历容易孕育偏见，我多年的住屋，窗大多是中间型的，既不像凤阳那样小，又不像教室那样大。窗过小的缺点用不着说，——也无妨说说，如宗少文，想卧游就不成，如柳三变，想写"执手相看泪眼"就没有根据，因为都是视而不能见。过大呢，通光没有问题，只是违背了墙上开个洞以求明的本性，至少是我，反而感到有所失。

单说我惯于相伴的中间型的，前后两个时期有别。前期是在家乡，瓦屋纸窗，窗之下都是几乎占住屋之半的土坯炕，上铺苇席，下有交叉的空洞可以通炊烟。这样的窗没有可以居内见外的优越性，因为想见，先要脱鞋上炕，然后开窗，很麻烦。但是有另一种优越性，是早春晚秋,老朽一流,腹内装了稀粥还没有暖意的时候,可以斜卧在窗前接受阳光透过纸窗送来的温暖,这是一种高级享受,所谓"负曝奇温胜若裘"也。我有时甚至想,陶渊明说"北窗下卧,遇凉风暂至,自谓是羲皇上人",像是移到"南窗下卧"更为合适,因为其所得就不是"暂"而是"久"。

而立之年以后,我离开瓦屋纸窗的故乡,住屋之窗变为玻璃的。许多现代化的事物使诗意大减或小减,而玻璃窗却像是例外。当然,红花也要有绿叶扶持,这是说,最好是平房,窗前有个小院,目光穿过小院可以望见街门。小院可以利用,听才子的,窗前种竹可以,听佳人的,窗前种海棠也可以。走懒散一条路,任它"三径就荒"也无不可。总之,这样,坐在窗明几净的窗前就可以看到窗外,甚至心飞往天外。何以心会飞到天外?是可能看到旧燕衔泥,心就会联想到旧人或远人。

由物而转到人,系心的情况就必致变为更加复杂。杜甫在《秋述》中慨叹:"寻常车马之客,旧雨来,今雨不来。"比如不管是旧日的雨天还是今日的雨天,友人来了,敲住室之门而入就远不如由窗内望见走过小院而入。男本位,"凌波不过横塘路,但目送芳尘去",算作梦也好,如果这逐芳尘的人去而复返,也走入小院,则由窗内望见,心情该是怎么样?在这种地方,就是限于歌颂窗,语言也就无能为力了。语云,痴人说梦,而由梦回到现实,就不能想到失去很久的前有小院的窗,没有这样的窗,即使几位故交仍健在,肯策杖来蜗居,擎杯共度周末,隔窗望见身影时的欢娱也不再有了。

窗的大用还有入夜之时,或更大的用是在入夜之时。李白诗有云:"床前明月光,疑是地上霜。举头望明月,低头思故乡。"诗不高明,因为用"霜"字只是为凑韵,月光入户,只是亮而并不白。"思故乡"所写也许是真情意,因为"隔千里兮共明月"。姑且算作因月光而想到故乡吧，这月光之能够到床前，也是借了窗的助力。入夜，对于窗的处理也有党派之分：有的人窗内加帘，入夜合帘，阻止星月之光侵入；有的人相反，纵使窗内有帘，入夜也不合，甚至欢迎星月之光升堂入室。想来李白是主张开放的，所以月明之夜，光就越过窗而走到床前。推想佳人都是属于封闭派的，因为所住之处或为金屋，或为玉楼，封闭且有不少人想窥视，况开放乎？至于我，多年来属于李白一派，乙夜，室中烛灭，梦周公或梦为蝴蝶之前以及之余，目微启，就愿意看见窗外的朗月和星辰。理由呢，自己也说不清楚，勉强说，形而下是明晰比漆黑一片有意思，形而上，见天不变就仍可以坚信道不变。

其实，道不变并不是毫无缺点，缺点之一种，或很重大的一种，是写实成分过多，以致《聊斋志异》式的异就不再有存身之地。可怜的补救之道是自己制造幻想，求境由心造，比如身在北国的斗室之中，心则可以飞到南国的小艇之上。近取诸身，我自己制造的幻想各式各样，其中一种曾用韵语的形式写出，曰"何当一整钗头凤，共倚屏山对月明"，这月明，如果能见，显然也是借助窗的通路才能办到的。窗之为用真是大矣哉。

只是可惜，已经有二十年以上，我不再有窗外能种点什么的小院。连升几级入楼，仍旧有窗，所能见则除楼以外，只是天的一小块。"对月明"是很难了。也好，那就把瓦屋纸窗的窗，平房小院的窗，以及幻想的散乱的钗头之凤，都埋葬在记忆中吧。

灯

日常用具之中，灯与夜为伴，所以就会带来一些神秘，也就富有诗意。这是粗说；细说呢，就会遇见不少缠夹，比如灯是照明的，可是欣赏神秘，欣赏诗，现时一百瓦的电灯泡就不如昔日的挑灯夜话或烛影摇红。何以会有兴趣说这些呢？是日前为一本书的封面，往左安门外方庄访张守义先生。上九楼，入座，守义先生不改旧家风，言和行毫无规划，灵机碰到什么是什么。于是拿起一本他设计封面的西洋文学书，让看封面。封面主体是人像，左上角却有个三支火苗的灯。接着由西方的灯就讲到本土的灯，说："就因为画这个灯，我想搜集中国旧时代的灯，勤逛旧货摊，已经买了五十多。"说到此，以为我们必有兴趣看，就到书柜、抽屉等处找。居然就找来十几个，都摆在桌面上。我就真有了兴趣，因为其中一个两节白瓷的，我看像是宋代的，使我想到晏小山词"今宵剩把银釭照"。其后由银釭就想到许多与灯有关的旧事，也就犯了老病，有些感伤。语云，情动于中而形于言，索性就说说吧。

还有乾嘉学派的病，先说说灯和烛的关系。不忘新风，先要查出身。烛靠前，早期是点火把，其后（也许早到秦汉吧）用凝固的油质中间夹捻，油质多为蜡，所以也称为蜡烛。烛有优越性，是可以在上面玩花样（如范为龙凤之形），美观；而且方便，用不着陆续加油。但美观、方便就成本高，所以小家小户就宁可用灯，办法是用个浅碗，加油，碗边放个能吸油的捻，燃伸到碗边外的一端，发出细长而圆的火苗，也可以照明。也就因为在照明这一点上，灯和烛相通，又灯更常用，所以较少的时候灯和烛可以通用，更多的时候通称为灯，如掌灯时分、上元观灯等。这样，灯就实和名都吞并了烛，本篇也就只好走趋炎附势的路，说灯而有时所指是烛。

说灯，可能从功利主义出发，那就应该说，我现在用的电灯，比我母亲自己过日子时候用的煤油灯好，我母亲用的煤油灯，比我祖母年轻时候用的黑油棉花捻灯好。扔开功利主义，或换为另一种功利主义，所求不是亮堂堂，而是闭目想象"蜡炬成灰泪始干"的情况，与昔日的灯比，现代的还能占上风吗？人生就是这样复杂，至少是有些人，向夫人请假后出门，想坐的不是奔驰，而是驴背。照明亦然，至少是有些时候，有些境地，手把银釭照，就会比在亮如白昼的大厅中面面相觑更有意思。

而说起有意思，先进人物必认为同样有阶级性。我不知道我这连旧灯也不能舍的人应该划入什么阶级，只好躲开阶级性，只说时间性。时间，可以是众人的，那就至晚也要由周口店说起，他们也"夜阑更秉烛"吗？还是以不为古人担忧为好，只说我个人的。就用灯的情况说，我幼年是中间人物。很小时候，大概用过上无罩的油灯吧？因为分明记得，家里有土名为"油壶"的灯，高半尺多，上为小孩拳头大的盛油的壶，口上有盖，盖中间有小孔，可穿过灯捻，下部为圆柱，是把手。记得质料是缸一类，烧棉花籽油。捻直立居中，是改进型，但点着，仍是火光荧荧，与文献中常提到的"青灯"不异。总是皇清逊位的前后吧，用洋铁桶装的美孚牌煤油传入，与之相伴，市上出现了玻璃制的煤油灯。分上下两节。下节如上面说的油壶，把手之上有装煤油的扁圆油壶；盖改良，为金属制，穿过扁形捻，捻外有上部开口的罩，总名灯口。上节是个玻璃罩，圆形，靠下涨为大肚，为便于散光，再上为长圆筒，作用为吸气助燃，总名灯泡，所以灯也名为泡子灯。分大中小三种，富户讲排场的用大号，当时看，堂上烛燃，就真有亮如白昼的感觉。一般人家大多是一再沉吟之后才买个小号的，但与过去的青灯比，就如连升三级了。就是在这样的灯光之下，冬夜，我们几个孩子围坐在土炕上，祖父身旁，听祖父讲黄鼠狼的故事。祖父大概识字很少，不能读《聊斋志异》，也就不能讲鬼狐的故事。如果能讲，至少我现在想，就不如起用那个已经退休的油壶。比如讲连琐在墙外吟诵"元夜凄风却倒吹"的诗句，青灯之火欲明欲灭，鬼影才能若有若无，过于亮就不成了。

有关灯的记忆，最鲜明也就常常怀念的是在室外，名为灯，实际是点蜡烛。主要是三个节日，上元、中元和除夕。上元观灯，顾名思义，是在灯上做文章，求美，求花样新奇，求多，求光亮，直到用谜语的形式炫才争胜。我们家乡落后，财力、学力都不够，于是迁就自己的条件，改看灯为看会，也用灯，因为会的活动是在夜里。会有多种，如中幡、高跷、小车等等。一个镇或一个村，会只有一种，表演则集中在某日（上元或上元前）的某一村镇。灯用灯笼，即中心点蜡烛，外围有纸罩的一种。分豪华与普通两种形式：豪华的体大，罩作圆球形，纸或用彩色；普通的罩为圆柱形，糊白纸。上元夜，黄昏时出会，多种会依惯例排次序，如中幡总是排第一。表演是挨家挨户访问式，即到每一户门外表演一阵。住户要表示欢迎，门前张灯，设长桌，上陈茶点，女眷立在桌后看（不尾随看）。男性喜欢某一种会，可以尾随看。会多，人多，举目，远近都是灯火，表示人都在欢快中，有意思。更有意思的是如张宗子在《陶庵梦忆》中所说："止可看'看七月半之人'。"这看会之人中的女眷，尤其大家大户的，不是上元夜，是没有机会看到的。其时我还没读过"月上柳梢头，人约黄昏后"，心目中更没有这样一个"约黄昏后"的人，所以就只能尾随某一种会之后，少看会而多看看会之人。也曾如游普救寺的张君瑞，唱"颠不刺的见了万千，似这般可喜娘的庞儿罕曾见"吗？像是不曾有这样程度深的。浅的呢？记得昔年填歪词，写更早的昔年，曾有句云："记得上元曾相见，街巷喧阗，灯下桃花面。"这是"见"，如果前行发展为"可欲"，也会心乱吧？总是都随着"过去"过去了。但要感谢灯，还给我保留这一点点春光的痕迹。

再说中元，旧历七月十五日，夜晚的放河灯。这个节来历不明，或不单纯，道教说是道教的，佛教说是佛教的。道观用什么仪式纪念，不清楚。佛寺的仪式名盂兰盆会，盂兰为梵语译音，救苦之义，用这样的盆装食品，施舍，可以使饿鬼得救。我当年住在广化寺旁，见这一天还糊大法船，入夜诵经，把船烧了。我们家乡是既不念经，又不施食，而是放河灯。村东北角有个水塘，水不浅，入夜，由几个通水性的壮年男子下去，把用半个打瓜（比西瓜小的一种圆形瓜，皮厚）皮，内插蜡烛做的灯送到水面上。灯多，放完，上百的灯火在水面上摇动，未必好看，却很新奇。家乡人没有考证癖，没有人问这是想干什么。但也觉得大概与鬼魂有关，总是对死去的人有什么好处吧。其时我还相信有所谓阴间，于是漂摇于水面上的灯火就使我想到现世背后的神秘，有些怕，也有些凄凉。

最后说除夕，灯，最多，与我们最亲近，是这一个夜晚。由几天之前就要准备，泡子灯，缺什么零件，以及煤油、蜡烛都要买齐；由装用具的屋子里找出若干灯笼，要打扫干净，糊纸。到除夕的黄昏时分，依旧俗的规定，住人的屋子都要点上泡子灯，不住人的挂灯笼。室外，院内立高竿，顶上悬灯笼，并说明用意，是"吉星高照"。大门外，自己家的灯笼挂在门口，公用的灯笼挂在横于街道的粗绳上（一条绳挂四五个，每隔二三十米有一条绳）。这样，入夜，室内室外，就成为遍地是灯。最亲近的是走到室外，走上街头，自己手里有的用尺余小木棍挑着的灯笼。上街头做什么？同三五个小伴侣（没有女孩子）去游荡，放鞭炮，间或比谁扔得最高，声音最响亮。走到街尽头最有意思，回身看街道，灯火如繁星，低头看，自己手里还有一个，灯像是既送来繁华，又送来温暖。手提灯笼，成群结队，还可以到邻居家里，登堂入室，看看这，看看那，连主人也表示高兴。就是这样，除夕前半夜的几个小时，灯就使熟悉的家常变为身心都可以放开的梦境。

且夫梦，如庄周，惯于作逍遥之游，也是难得维持长久的，于是我就别了油壶之灯，泡子灯之灯，换为通电之灯。随着灯光的加强，昔日的欢娱像是就不再有。仍有夜，就还要以灯为伴，只是它的作用，以文学艺术的宗派为喻，成为彻头彻尾的现实主义。比如它可以伴我读书，寻梦境：

　　日暮酒阑（不用说，早已点灯），合尊促坐，男女同席，履舄交错，杯盘狼藉，堂上烛灭（光暗下来）。主人留髡而送客，罗襦襟解，微闻芗泽。当此之时，髡心最欢，能饮一石。（《史记·滑稽列传》）

堂上的烛已经灭了，我眼前的电灯却还是白亮白亮的，这是现实主义不容许遐思存在，正如《义山杂纂》所说之"松下喝道"之类，大煞风景了。

新灯不如旧灯，还有比由读书而遐想表现得更为鲜明的。我总角没有闻道,及至华年已去,还是望道而未之见,因而斗室面壁,就常常有"旧雨来,今雨不来"的悲哀。如新风之大批判,这今雨不来的悲哀也可以升级,于是有那么一个夜晚,旧记忆引来新愁苦,就无论如何也不能入睡。对应之道,现代化是服安眠药,我不能现代,又不能学习净土宗优婆夷之手数念珠,口宣佛号,只好仍是秀才人情,伏枕拼凑平平仄仄平。居然就凑成一首,诗云:

感怀仍此室,闻道竟何方。有约思张范(后汉张劭、范式为生死交,不爽约),忘情愧老庄。生涯千白简(纠弹之文),事业一黄粱。欲问星明夜,摇红泪几行?

"摇红"是烛,所以真就能够陪着人落泪,电灯就没有这样的本领。我伏枕拼凑,写蜡烛陪同落泪之情,枕上高悬的却是电灯,逝者如斯,真是太遗憾了。

有遗憾最好能够补偿。换为祖先用的蜡烛或油灯吗?千难万难。也就只好暂时逃离现实,到"幻想"的领域里想想办法。而一想就想出一个,是买个昔年的灯,最好是宋代白瓷的,放在案头。"今宵剩(尽管)把(持)银釭照,犹恐相逢是梦中"的事是不会有了,无妨乞援于佛家的境由心造,星宵月夕,独坐斗室,身静心不静之时,念远无着落,就可以移近,目注这盏银釭,想象远人竟至近了,于是默诵晏小山这两句,也许此情此景,片时间真就疑为"梦中"了吧?梦,有如《枕中记》的卢生,真的玉堂金紫难能,只好退一步,满足于仙枕上的繁华,是可怜的。但与毕竟空相比,感觉为有或想象为有终归是有所得,这所得,也总是灯之所赐吧。

镜

镜,我们家乡以及普通话都说镜子,从《木兰辞》"对镜帖花黄"之例,称为镜。由帖花黄想到镜的起源,我昔年杂览的书不少,不记得什么地方讲过,只好自我作古,说即来于帖花黄,换为时风语是为美容。美容,在上上下下都标榜法治的时代,像是成文之法也没有规定,乃女性的特权。可是不成文之法却殆等于有规定,比如改革开放的今日,已成为眷属的才子佳人,早点后出门,才子手提大皮包,佳人肩挎小皮包,小之中却必有镜,以备酒饭之后对镜涂唇红,大之中似乎就不能有,因唇本来就未红。或曰,你这"似乎"说服力不大,实际是有些不才之子早已惯于对镜涂唇红。外,不了解情况,只好退到家门之内,说我老伴,女性也,一生有镜,并至今还是对镜梳理白发,我则无镜,也向来不对镜。

其实,由男女之分上升为人生的合,至少我想,镜还有共同的大用,是认识自己。人生于世,有"天地之大德"的意义也好,只是自然演化的偶然也好,既已有生,中寿以上,六七十年,直到与现世辞别之时，还不知道自己是什么样子，总是个不小的遗憾吧？认识自己，有生理学的，有道德学的，这里只说生理学的。语云，人心之不同，各如其面，这是说，人的面容各有各的特点，只是为了增加自知之明，也应该看看自己的。然而可惜，眼只有两只，都生在面上，以面为本位（扩大为头，下伸到背后，也是这样），就如《韩非子》所说，"短于自见"。所以在镜出现之前，比如周口店时期，人就只能见人而不能见己；唯一的补救之道是走到止水之旁，面对，看看里面那个不很质实的。自然，看还必致引来后果问题，如西施，浣纱的间隙，看看水中之影，东施效颦也看，心情总当不一样吧？谢，怨，对谁呢？只有天知道。

　　还是改为说起源，不再是目的论的，而是历史主义的。古器物有一种，大名为"鉴"，质料，早期为陶，其后为铜。功用是盛物，这物，据说多为冰。推想既然多盛冰，就必也可以盛水，因为冰时间长就会化为水。水在鉴中，静止不动，不管是男女还是老少，走到跟前，眼一扫，就会看到自己的容颜。推想这无心之用必如附庸之蔚为大国，不久就篡盛物之位，于是鉴就成为主要表照物之义，换句话说就成为早期的镜。这样的镜，与其后（？）的铜所制，近代起的玻璃所制，相比，是落后的。换为由事功方面看就成为另一回事，比如说，其通用不会晚于传说的五帝时代吧，那就直到铜镜普及之前，娥皇、女英，甚至妺喜、妲己，也许都用过，你说现代化的玻璃镜，以至照相机、录像机，先进，变为讲资历，就差远了。

　　接着说铜铸的镜。我曾向正在研究古器物的赵丽雅女士请教，她说，几千年前的齐家文化就发现过铜镜，估计普及当在大以后。我恍惚记得只见过战国的。姑且假定大量使用始于战国吧，它的寿命也就够长了，一直延续到清朝晚期，两千年以上。在这段长时间之内，上层的，下层的，佳人，以及不佳而也是水做的，"不择老少"，就都要备一面镜。需求量大,有买的就有卖的,有卖的就有做的,连带而有修理的,于是就有了铸镜的作坊和串街磨镜的工匠。如一切产品一样,供应朱门大户要高档次的,柴门小户就只能用低档次的。其结果,如瓷器之有官窑,镜之高档次的也就成为珍贵文物。我有个长于我至少十几岁的朋友陈莲森,佛门的信士弟子,四川人,好古,特别喜欢收藏铜镜,成为这方面的专家。我到过他家,不止一次,早期,屋里陈列的都是精致的铜镜,后来渐少,是因为社会动荡,坐吃山空,不得不用它换柴米。记得都是圆形,直径大多半尺左右,少数大的,直径及尺。据说以汉代和唐代的为最名贵。正面当然都是光洁的,因为平而光才能显影。背面则花样繁多,最常见的是菱花和海马葡萄。记得他还拿两三个送来我家,说如果我喜欢,可以留下。过一些天,我给他送回去,大概是因为,一则手中无闲钱,二则其上无文字,想发思古之幽情而不能有的放矢。

背面周围铸文字,只记得其中一种为镜铭。手头既无镜,又无讲镜的书,关于镜铭就不能说什么。但还记得一种冒尖的,照抄以资谈助:

> 王承休(五代时前蜀佞臣,事后主王衍,官至天雄军节度使)妻(严氏)有殊色,后主绝加宠爱,秦州(今四川绵阳市一带)之行,颇以严故临幸焉。至则赐以妆镜铭,曰:"炼形神冶,莹质良工。当眉写翠,对脸(颊部)傅红。如珠出匣,似月停空。绮窗绣幌,俱涵影中。"其亵昵有如此。(《五代诗话》引《十国春秋》)

像这一面镜,如果未破,并有幸飞入手中,则发思古之幽情就成为有的放矢,男本位,也许会发展为"庄生晓梦迷蝴蝶"吧。

由铜镜还会想到镜台，即支镜使之略斜立以便映出正面情影的架子，估计一般是木料所制。因为人有非一般的，镜台的质料也就有非一般的。我旧学荒疏，不知道有没有黄金的。但确知有玉雕的，来于一个古假冒伪劣的故事，为了凑热闹，也照抄：

  温公（温峤，东晋初大官）丧妇。从姑刘氏（嫁刘姓的）家值乱离散，唯有一女，甚有姿慧，姑以属（嘱）公觅婚。公密有自婚意，答云："佳婿难得，但如峤比云何（只是像我怎么样）？"姑云："丧乱之馀，乞粗存活，便足慰吾馀年，何敢希汝比？"却后少日，公报姑云："已觅得婚处，门地粗可，婿身名宦，尽不减峤。"因下玉镜台一枚（作订婚礼）。姑大喜。既婚，交礼（行互拜礼），女以手披纱扇（遮面之扇），抚掌大笑曰："我固疑是老奴（今所谓那老东西），果如所卜（猜测）。"玉镜台是公为刘越石（刘琨）长史，北征刘聪（东晋初五胡十六国汉政权的君主）所得。（《世说新语·假谲》）

用今语说，这玉制镜台是抄家货，所抄之家当然是上层或极上层的，小家碧玉是无缘见到的。不管大家小家，女性都要梳妆，也就镜台之外还要有奁。推想后来是求简便，让奁的上盖，掀起兼镜台之差，奁就也称为镜奁。再其后玻璃出现，并有了背面涂水银成为镜之法，奁上盖的内部镶上玻璃镜，镜台不再有用，与人同，就忍痛让位了。

余生也晚，铜镜已经成为古董，即使有，陈列而不磨光，也就不能如昔年，瞥见其中的倩影。估计所现之影必不能如玻璃镜之清晰。而且难得如玻璃镜之伸缩自如，比如有所谓穿衣镜，高与衣柜相等，就不只可以对脸傅红，而且能照见长身玉立。这话显然说得不周全，因为佳人（？）也有正在大力减肥的。那就换为求面面俱到。说先想到的一面。镜的大用是能映出本来面目。但这本来，至少是在朱光潜和宗白华二位的书里，有美丑之分。有美丑，主观乎？客观乎？如果为客观，或兼有客观，又如果真有上帝，这大概就是上帝非全能之一证吧？这是说，有的人照见自己之影，心里未必高兴。不高兴，很可能就归罪于上帝。上帝对簿公堂，也会感到难堪吧？但唯物既已成为力不足的定局，只好投靠唯心。而就居然想出办法，是让西施对镜，觉得美，惯于效颦的东施对镜，也"自认"为美，这样，以今日为例，仍限于水做的，各种星，各项节目的主持人，以至于喜传小道消息的二大妈，不得不干脏活的几丫头，对镜，都顾影自怜，岂不是天大的好事？好事有来源，镜也。

幸或不幸，玻璃镜之后又来了新玩意儿，照相和录像。与这类新玩意儿相比，镜有个弱点，是能现影而不能留影。能留影，有好处。举其小者，如朱元璋画影图形之面容有两个，相差很多，何者为真，如果有拍照之影存世，就不必争论了。还有大者，比如男如杜甫，女如李清照，能留下拍照之影，就是不作诗填词的，能看看，也当觉得有意思吧？说到这里，一想，不好，推崇留影，镜会退居下位，想到镜的种种功德，实在不忍。再学一次新风，要落实政策。找理由不难。可以用有诗为证法，那是李白《清平调》所咏，"云想衣裳花想容"，换为用平常话说，是美与想象有不解之缘，有些形貌本不怎么样，要通过想象才美，还有些形貌可以说是美，如果加上些想象，就会更美。留影的办法是不再能容纳想象，其后果会如何呢？无妨想象一次，荣、宁二府，大观园，其中人物，第一次出场都配有照片，你读小说，睹照片而思人，还会如想象之神魂颠倒吗？因为黛玉，很可能是个瘦干儿；宝钗，很可能是个矮胖子。至少是为了神魂颠倒，还是以用镜，不留影为好。

最后，还要说说镜的另一种大用，道德学的认识自己。我的家乡有一句骂人的话，是"没有镜子，撒泡尿也照照"。这所照，可以指"面"之容，但更多的是指"心"之容；照心之容，就是看看（也就要想想）是否于理有亏，是否于德有损。上面说，我无镜，也向来不对镜；这里应该补充说，那是指看面之容，青壮时期也没有什么值得欣赏的，况老朽乎？至于心之容，我就愿意借一面镜（哪怕只是想象的），常常照照，仅以率尔操觚为限，看看，重，有没有"从先进"，多喊万岁；轻，有没有眼盯稿酬，多写供闲人消闲的。而如果没有或很少，以致闭门自省，不愧于屋漏，古人一饭之恩终身不忘，我怎么办呢？也就只能多喊几声"镜万岁"吧。

第二辑　心声偶录

心声偶录

由于难得逆睹的机缘，我同一种新时代的先则小说、后则电影、再后则电视剧中的人物有了多数人说近、少数人说不近的关系。且夫新时代，以阶级斗争为纲之时代也，街头巷尾的实况如何且不论，须有教育意义的小说、电影、电视剧中的人物则不得不具有两极化的鲜明个性，即一方是进步的，积极的，故好，故荣，另一方是落后的，不积极的，故坏，故辱。荣乎？辱乎？在小说、电影、电视剧之内，至少由写的、编演的人看，可以说不成问题。之外的我呢？显然，确定荣辱之前，先要看能不能对号。可惜公检法直到公证处和律师事务所还不管这样的恍兮惚兮的事。不管，看小说、电影、电视剧的人就有了随己意对号或不对号的自由。不对号，放过拉扯闲话的良机，可惜，所以据我所知，读者，看客，多数还是站在对号一边。且夫假话多说几遍尚可成为真的，况广大群众乐得对号乎？于是循新时代的新风，有不少人就认为，这小说，这电影，这电视剧，就给我送来不少辱。读者、看客中间或有"多闻阙疑"的，有时并且来问，为什么不辩白几句？我感谢关照的好意，仍是沉默不语。何以决定沉默到底？是因为有些想法，至少在某一时期，还是以不说为是。想法非一，这里无妨约略言之。其一，我是常人，照荀子和精神分析学派的看法，具有欲则不能无求的动物之性，回顾往昔，失误不少而成就甚少，辱之来正是合情合理，就不应该怨天尤人。其二，进步、落后云云，来于道不同，不是三言五语所能说清楚，只好暂不说。其三，写，编演，有宣扬教义的大用，背后必有大力支持，自然以畏而远之为是，《诗》云："既明且哲，以保其身。"此之谓也。其四，还有一点点远希倪云林的狂妄念头，曰"一说便俗"。

不过虽不说，心里的想法却是不少的。近日来从不同的方面刮来提倡"说真话"之风，"草上之风必偃"，我也就不能安忍，并且想，我早已老了，有所知，有所信，韫"肚"而藏与以诚相见之间，像是应该选取后者。决定以诚相见，说说我为什么于积极与不积极之间，不只被有些人视为不积极，而且是己身安于不积极。《论语》有"安则为之"的说法，则"安"，总当自信为有些理由吧？事与一条黄瓜、两个茄子之类有别，说来不免话长，只好慢慢来。

一种可能的想法，大道多歧，一些人走上这一条，另一些人走上那一条，是决定于"天命之谓性"。这想法有些道理，甚至不少道理，但不是全部道理，盖如古语所说，"性相近"之后还有"习相远"，这"习"，我想还应该包括由有所学而有所知，有所见。我也曾自省，比如生在秦汉之际，碰到某机缘，走陈胜、吴广的路顺理成章，我会不会仍旧走陶渊明的路，归去来兮之后，作《闲情赋》呢？左思右想之后，结论仍是不知道。这样，寻检先天，此巷不通行，只好转而寻检后天。我上大学是学文史的，翻书不少，不能说毫无所得。幸或不幸是忽而想到一个说近就近、说远就远的大问题，是人生是怎么回事？怎么样活才比较合理？说到"理"，就不能不重视系统的有根有据的知识。我的经验，这就不得不到西天去取经。大致是由三十年代中期起，连续十几年，我以人生哲学为中心，旁及小，个人的心性，大，社会的组织，以及求知的方法（知识论、逻辑、科学理论），等等，也可以说念了不少。所得呢，用褒语说是"四十而不惑"，用贬语说是"攻乎异端，斯害也已"。不惑也罢，异端也罢，总之是有所见，有所信，并自信为都是有根有据，经得住辩驳的。可以不可以具体说说呢？大题只得小作，算作举例，只说一点点与这里有密切关系的。讲人生先要知道人是怎么回事，在知人这一点上，我是宁可舍告子、孟子、荀子而取弗洛伊德，就是承认人都是充满欲望的动物，所以求人人能活，就不得不，高姿态，乞援于"德"，求能节制，低姿态，乞援于"法"，求权有限。节制是要求个人，乃孔孟的理想；限权是对付众人，乃孟德斯鸠的办法。我坚信，讲治平之道，应该认清人之所以为人，少谈理想（绝大多数与幻想无别），多想办法。

理想有可意的一面，是唯有树立了这个，求向上才有个方向，个人也好，群体也好，才有个奔头。但千万不要忘记还有不可意的一面，是与实际必有或多或少的距离，如是，求其实现就不宜于头脑过热，以至如迷信咒语，以为只要口中念念有词，天地就会大变。然而不幸，放眼历史，单说治平之道的范围以内，这样的迷信也太多了。其表现是理想凝聚为教义，广收信奉者，并化信奉为狂热，然后过渡为过火的甚至恐怖的行动。古今中外，一切教义，在创造者和信奉者的心目中，都是绝对正确，依之而行，婆婆世界必可以很快变为天堂。我则认为，自信为绝对正确，正可以证明其中必有迷信成分，因而依之而行，情况能否越变越好就要走着瞧。走着瞧，显然就没有干劲加入信奉者之队，高呼万岁，换句话说是积极不起来。对于修齐治平，我的想法是应该多在防止祸害方面努力，想办法，建设一个绝大多数人可以接受（能够获得平安和公道）的社会。这样的社会显然不能是理想的，也就不能是上好的。但可以接受，其中就暗含着不容易，也许竟也是理想吧？姑且承认是理想，但也要承认乃不容打折扣的理想。势在必得，如何才能得？我的想法是以可接受为目标，宁可头疼医头、脚疼医脚而不多喊口号。

教义与口号的实行，几乎都要借助狂热。狂热是一种心态，是自己确信正在从事一种伟大的事业，也就分得一部分伟大。这种伟大感会使人心醉，醉到舍自己之生，觉得是光荣，杀别人之生，觉得是正义。对于这样的狂热，我也有心态，是畏和恶（wù），又是"天命之谓性"使然吗？非也，而是有深远的来由。可以总括为两类：一类来于理，另一类来于史。先说理，是我一直认为，偏重看源，狂热与少知甚至无知有血肉联系；偏重看流，狂热的发泄最容易或竟至必致不要德，不讲理（表现为不要法）。离开知识，不要德，不讲理，不守法（也许竟至无法），而深信摧毁一切不合己意的是正义，是伟大的事业，其为可怕就可想而知了。再说史，古，外，枚举，大概一部大书也写不尽，只说一点点近在眼前的。太平天国，反异族统治（或只是反统治），有值得赞扬的一面。可是小有胜利，就强迫人民拜天父天兄，这是由迷信教义而流为狂热，给一般小民的必是难以忍受。义和团，在历史的长河中乍生乍灭，可是因无知、狂热而留下的恶作剧不少。记得一本小书记天津的情况，一会儿沿街大喊"挂灯"，一会儿沿街大喊"烙饼"，扰得居民寝食不安。有二毛子嫌疑的就更糟，因为会死在狂热的刀下。太平天国和义和团往矣，不幸是狂热的阴魂未散，于是而有"大跃进"和大炼钢铁，随来饥饿，而有"大革命"，不少人面对红卫兵的狂热而家破人亡。所以我以为，无论是讲修齐还是讲治平，都应该冷静，依靠知识，崇尚道德，讲理，守法，而杜绝狂热。这是我多年来经过深思熟虑的认识，所以长时期、多次面对狂热之风，而终于热不起来。

或曰，理想或教义，目的总是好的，泄气的话说得太多，未免不妥当吧？这像是主张，评论社会性的某种主张和措施，应该多从动机方面着眼。我不赞成这样的主张，因为社会性牵涉群体的平安和幸福，关系过于重大，讲居心会成为避重就轻，应该追问结果。也可举史实为证。西方中古时代的宗教法庭，为救异端的灵魂，动机不可谓不好，可是不少人（今日看都是优秀的）就葬身火海了。我们的"大革命"也是这样，发动，有冠冕堂皇的理由，可是结果呢？人人心里有数，也就可以不再费辞。

写至此，回头看看，像是有个最根本的，用什么方式治理，没有正面谈。我当然有意见，可是掏心窝子说，也许不合时宜吧？无已，想用投古语票的方式表示一下。古语两句，都见于《孟子》，一句是"天降下民，作之君，作之师"（《梁惠王下》），另一句是"民为贵，社稷次之，君为轻"（《尽心下》），前一句的精神是君说了算，后一句的精神是民说了算，过渡到治理方式，总当有大别吧。别的具体情况，这里难得详说，只说我的态度，是坚决投后者一票。

投完票，可以放下笔休息了。可是想到作文教程所教，结尾要与开头呼应，所以不得不再说几句。以上拉拉杂杂说了不少，意在表白自己之所思和所信。所思，所信，知也，依照王阳明的理论，要化为行。行，己身以外的人所能见，所易见，于是根据这样的所见，并利用加冠的自由，小说、电影、电视剧，就送来落后、不积极的帽子。我对应的态度来自《庄子·天道》篇："子呼我牛也，而谓之牛，呼我马也，而谓之马。"如此拜受之后，我有时想，如果我有自加冠的自由，我将制一顶什么帽子？"攻乎异端"，可以，"四十而不惑"，也可以。可是头只有一个，只能戴一顶，那就不避自我陶醉之嫌，戴"四十而不惑"这一顶吧。

梦的杂想

我老伴老了,说话更惯于重复,其中在我耳边响得最勤的是:又梦见什么人在什么地方,清清楚楚,真怕醒。对于我老伴的所说,正如她所抱怨,我完全接受的不多,可是关于梦却例外,不只完全接受,而且继以赞叹,因为我也是怕梦断派,同病就不能不相怜。严冬无事,篱下太冷,只好在屋里写——不是写梦,是写关于梦的胡思乱想。

古人人心古,相信梦与现实有密切关系。如孔子所说,"久矣吾不复梦见周公",那就不只有密切关系,而且有治国平天下的重大密切关系。因为相信有关系,所以有占梦之举,并进而有占梦的行业,以及专家。不过文献所记,梦,占,而真就应验的,大都出于梦与现实密切相关的信徒之手,如果以此为依据,以要求自己之梦,比如夜梦下水或缘木而得鱼,就以为白天会中奖,是百分之百要失望的。

也许就因为真应验的太少或没有,人不能不务实,把梦看作空无的渐渐占了上风。苏东坡的慨叹可为代表,是:"人间如梦,一尊还酹江月。"如梦,意思是终归是一场空。不知由谁发明,一场空还有教育意义，于是唐人就以梦的故事表人生哲学，写《枕中记》之不足，还继以《南柯太守传》，反复说明，荣华富贵是梦，到头来不过一场空而已。显然，这是酸葡萄心理的产物，就是说，是渴望荣华富贵而终于不能得的人写的，如果能得、已得，那就要白天忙于鸣锣开道，夜里安享红袖添香，连写的事也想不到了。蒲公留仙可以出来为这种看法做证，他如果有幸，棘闱连捷，金榜题名，进而连升三级，出入于左右掖门，那就即使还有写《续黄粱》之暇，也没有之心了。所以穷也不是毫无好处，如他，写了《续黄粱》，纵使不能有经济效益（因为其时还没有稿酬制度），总可以有，而且是大的社会效益。再说这位蒲公，坐在"聊斋"，写"志异"，得梦的助益不少，《凤阳士人》的梦以奇胜，《王桂庵》的梦以巧胜，《画壁》的梦级别更高，同于《牡丹亭》，是既迷离又实在，能使读者慨叹之余还会生或多或少的羡慕之心。

  人生如梦派有大影响。专说梦之内，是一般人，即使照样背诵"久矣吾不复梦见周公"，相信梦见就可以恢复文、武之治的，几乎没有了。但梦之为梦，终归是事实，怎么回事？常人的对付办法是习以为常，不管它。自然，管，问来由，答，使人人满意，很不容易。还是洋鬼子多事，据我所知，弗洛伊德学派就在这方面费了很多力量，写了不少这方面的文章。以我的孤陋寡闻，也买到过一本书，名《论梦》（*On Dream*）。书的大意是，人有欲求，白日不能满足，憋着不好受，不得已，开辟这样一个退一步的路，在脑子里如此这般动一番，像是满足了，以求放出去。这种看法也许不免片面，因为梦中所遇，也间或有不适意的，且不管它；如果可以成一家之言，那就不能不引出这样一个结论：梦不只是空，而且是苦，因为起因是求之不得。

  这也许竟是事实。但察见渊鱼者不祥，为实利，我以为，还是换上另一种眼镜看的好。这另一种眼镜，就是我老伴经常戴的，姑且信（适意的）以为真，或不管真假，且吟味一番。她经历简单，所谓适意的，不过是与已故的姑姨姐妹等相聚，谈当年的家常。这也好，因为也是有所愿，白日不得，梦中得了，结果当然是一厢欢喜。我不懂以生理为基础的心理学，譬如梦中见姑姨姐妹的欣喜，神经系统自然也会有所动，与白日欣喜的有所动，质和量，究竟有什么不同？如果竟有一些甚至不很少的相似，那我老伴就胜利了，因为她确是有所得。我在这方面也有所得，甚至比她更多，因为我还有个区别对待的理论，是适意的梦，保留享用，不适意的，判定其为空无，可以不怕。

但是可惜，能使自己有所得的梦，我们只能等，不能求。比如渴望见面的是某一位朱颜的，迷离恍惚，却来了某一位白发的，或竟至无梦。补救之道，或敝帚化为千金之道，是移梦之理于白日，即视"某种"适意的现实，尤其想望，为梦，享受其迷离恍惚。这奥秘也是古人早已发现。先说已然的"现实"。青春浪漫，白首无成，回首当年，不能不有幻灭之感，于是就想到"过去"的适意的某一种现实如梦。如杜牧的"十年一觉扬州梦"，周邦彦的"沉思前事，似梦里，泪暗滴"，就是这样。其后如张宗子，是明朝遗民，有商女不知之恨，这样的感慨更多，以至集成书，名《陶庵梦忆》和《西湖梦寻》。再说"想望"。这虽然一般不称为梦，却更多。为了避免破坏梦的诗情画意，柴米油盐以至升官发财等与"利"直接相关的都赶出去。剩下的是什么呢？想借用彭泽令陶公的命名，是有之大好、没有也能活下去的"闲情"。且说这位陶公渊明，归去来兮之后，喝酒不少，躬耕，有时还到东篱下看看南山，也相当忙，可是还有闲情，写《闲情赋》，说"愿在衣而为领，承华首之余芳"，等等，这就是在做想望的白日梦。

某些已然的适意的现实，往者已矣，不如多说说想望的白日梦。这最有群众基础，几乎是人人有，时时有，分别只在于量有多少，清晰的程度有深浅。想望，不能不与"实现"拉上关系，为了"必也正名"，我们称所想为"梦思"，所得为"梦境"。这两者的关系相当奇特，简而明地说，是前者总是非常多而后者总是非常少。原因，省事的说法是，此梦之所以为梦。也可以费点事说明。其一，白日梦可以很小，很渺茫，而且突如其来，如忽而念及"雨打梨花深闭门"，禁不住眼泪汪汪，就是这样。但就是眼泪汪汪，一会儿听到钟声还是要去上班或上工，因为吃饭问题究竟比不知在哪里的深闭门，既质实又迫切。这就表示，白日梦虽然多，常常是乍生乍灭，还没接近实现就一笔勾销了。其二，还有更重要的原因，是实现了，如有那么一天或一时，现实之境确是使人心醉，简直可以说是梦境，不幸现实有独揽性，它霸占了经历者的身和心，使他想不到此时的自己已经入梦，于是这宝贵的梦境就虽有如无了。在这种地方，杜老究竟不愧为诗圣，他能够不错过机会，及时抓住这样的梦境，如"夜阑更秉烛，相对如梦寐"所写，所得真是太多了。

在现实中抓住梦境，很难。还有补救之道，是古人早已发明、近时始明其理的《苦闷的象征》法，即用笔写想望的梦思兼实现的梦境。文学作品，散文，诗，尤其小说、戏剧，常常在耍这样的把戏，希望弄假成真，以期作者和读者都能过入梦之瘾。这是妄想吗？也不然，即如到现代化的今日，不是还不难找到陪着林黛玉落泪的人吗？依影子内阁命名之例，我们可以称这样的梦为"影子梦"。

歌颂的话说得太多了，应该转转身，看看有没有反对派。古今都有。古可以举庄子，他说"古之真人，其寝不梦"。由此推论，有梦就是修养不够。但这说法，恐怕弗洛伊德学派不同意，因为那等于说，世上还有无欲或有而皆得满足因而就不再有求的人。少梦是可能的，如比我年长很多、今已作古的倪表兄，只是关于睡就有两事高不可及，一是能够头向枕而尚未触及的一瞬间入睡，二是常常终夜无梦。可是也没有高到永远无梦。就是庄子也没有高到这程度，因为他曾梦为蝴蝶。但他究竟是哲人，没有因梦而想到诗意的飘飘然，却想到："不知周之梦为蝴蝶与？蝴蝶之梦为周与？"跑到形而上，去追问实虚了。道不同不相为谋，我们只好不管这些。

今的反对派务实，说"梦境"常常靠不住，因而也就最好不"梦思"。靠不住包括两种情况：一是"当下"，实质未必如想象的那么好；二是"过后"，诗情画意可能不久就烟消云散。这大概是真的，我自己也不乏这样的经验。不过话又说回来，水至清则无鱼，至清也是一种梦断。人生，大道多歧，如绿窗灯影，小院疏篱，是"梦"的歧路，人去楼空，葬花焚稿，是"梦断"的歧路，如果还容许选择，就我们常人说，有几个人会甘心走梦断的歧路呢？

直 言

不久以前,乡友凌公约我到他家里吃晚饭。凌公带着一个刚成年的女儿,在北京过准《打渔杀家》的生活,父女都上班,照例是饱腹之后才回家,而要请人在家里吃饭,我当然感到奇怪。问缘由,知道是老伴从家乡来了,想做点家乡口味,让我发发思故土的幽情。我既感激又高兴,遵嘱于晚饭时到达。凌夫人年过花甲,可是身体还健壮,仍是家乡旧时代那一派,低头比抬头的时候多,不问不说话。我要表示客气,于是用家乡惯用的礼节,寒暄道谢之外,问娘家是哪个村。答"乔个(轻声)掌"(这是语音,写成文字是"乔各庄")。这使我忽然想起一个多年不忘的歇后语:"乔个掌的秧歌,难说好。"

多年不忘,是因为这歇后语的来由,一位佚名的乡先辈的逸事,使我大感兴趣,或说深受教育。据说是这样:若干年前,各村也是有中幡、高跷、小车、旱船等会,每到送走旧年,上元节及其前,要排定日期,邻近各村的会交换,某日聚在一村表演。目的,用旧说是利用农闲庆丰年,行"一日之弛",用新说是,虽然是农民,也应该有艺术享受。可是会,不只一个,虽然那时候还没有各种花样的大奖赛,但人总是人,性相近也,你不给他奖,他也要赛。评分是非阿拉伯数字的,一要看的人多,里三层,外三层;二要喊好的声音多而响。且说有那么一次,乔个掌的秧歌(指高跷会)表演得很起劲,看的人却不多,喊好的声音大概也不多或没有吧,正在为缺少钟子期而扫兴,听见有人说一句:"难说好!"会内的少壮派正在愤懑无处发泄的时候,听见这句话,当然要火冒三丈。于是找,原来出于一个瘦弱的老者之口。接着是围着质问。老者没有赔礼道歉之意,于是决定拉到场外去打。人间不乏和事老,为了大事化小,小事化无,特为就要挨打的老者修建个台阶,是:"大概是刚来,还没看清。让他再细看看。"少壮派同意,于是把老者推到场内,请他细看。表演者尽全力跳闹,可不在话下。时间够长了,少壮派和和事老都在等待转机,没想到老者淡淡地说了一句:"还是拉出去打吧,难说好!"

结果是打了还是另有转机,没有下文。也可以不再问,我关心的是这故事使我想到很多与"言"有关的问题,其中心是直言的难易问题。言,人嘴两扇皮,很容易,可是其中有得体不得体的分别,反映好不好的分别。因为要照顾反映,就不能从心所欲。这或者正如孟老夫子所说,"难言也"吧?

难言,这里也未尝不可以反其道而行,由"易"说起。从道理上讲,言为心声,言应该都是直言。这样说,直言如顺水推舟,不是难,而是很容易。但这是道理,或说架空的道理。道理还可以说得头头是道,如一种是由"自然"方面说,见于《毛诗序》,是"情动于中而形于言";一种是由"应该"方面说,见于某道学家的文本,是"事无不可对人言"。表现为活动,都是心有所想,嘴里就说。总而言之,是容易得很。

但人世间很复杂,言不能不受时、地、内容、听者种种条件的限制。就说事无不可对人言吧，日记中写"与老妻敦伦"可以，因为清官难断家务事；但如旧笔记中所记，一阵发疯，头顶水桶，喊"我要做皇上"就不可，因为象征统治权的宝座是决不能容忍自己以外的人坐的，即使只是想想也不成。这类的轻与重可以使我们领悟，世路并不像理想主义者想象的那样平坦；如果缩小到政场，那就更加厉害，一定是遍地荆棘。也就因此，皇清某两位大人才有了关于言的重大发明：一位造诣浅些，是少说话，多磕头；另一位登峰造极，是不说话，净磕头。但这不说话的秘诀也不能不受时地等条件的限制，因为时移事异，还会有要求以歌颂表示驯服的时候，那就闭口不言也会引来危险。总而言之，是直言并不容易。

直言，在道理领域内容易，在现实领域内不容易，怎么办？当然要让道理跟现实协商，以求化不协调为协调。但现实是最顽固的，所以结果必是，名为协商，实际是道理不得不向现实让步。具体说是要用"世故"的机床把直言改造一下，使不合用变为合用或勉强合用。这种改造的努力也是由来远矣，如关于直言，常见的说法总要加点零碎，如说"直言不讳"，"恕我直言"，言外之意是本不该这样说的。不该说而说，影响大小，要看听者为何如人。可举近远两类为例：近者如掌家政的夫人，充其量不过饭时不给酒喝，可一时忍过去；远者如恰好是已经稳坐宝座的，那就不得了，会由疑由怒而恨，也就会有杀身甚至灭族的危险。

为了避免杀身或灭族，要精研以世故改造直言的办法。古人在这方面用了不少力，成就自然不会小。依照造诣的低与高，常用的办法可分为四种。一种程度最低，是换为委婉的说法，如连中学生都熟悉的触詟（新说是触龙），劝娇惯孩子的赵国掌权老太太允许儿子出国当人质，里边提到"一旦山陵崩"，这比说"有一天你死了"委婉得多，就不会有惹老太太生气的危险。附带说一句，还是古人人心古，要是皇清末尾那位那拉氏老太太，大概说"崩"也不成。再说第二种程度略高的，是讽喻或影射，所谓声东击西，指桑骂槐。也是连中学生都熟悉的白居易《长恨歌》，开头一句，"汉皇重色思倾国"便是。第三种程度更高，是说假的。这非绝顶聪明办不到，所以举例，只能请荣宁府中最拔尖儿的凤丫头出马，那是老色鬼贾赦想吃鸳鸯的天鹅肉，糊涂虫邢夫人大卖力气系红丝，找她求援，她先说真话，失败，改为说假话的那些。因为话太精彩，碍难节录，全引如下：

  太太这话说的极是。我能活了多大，知道什么轻重？想来父母跟前，别说一个丫头，就是那么大的一个活宝贝，不给老爷给谁？背地里的话，那里信的？——我竟是个傻子！拿着二爷说起，或有日得了不是，老爷太太恨的那样，恨不得立刻拿来一下子打死；及至见了面，也罢了，依旧拿着老爷太太心爱的东西赏他。如今老太太待老爷，自然也是这么着。依我说，老太太今儿喜欢，要讨，今儿就讨去。我先过去哄着老太太，等太太过去了，我搭赸着走开，把屋子里的人我也带开，太太好和老太太说，给了更好，不给也没妨碍，众人也不能知道。（《红楼梦》第四十六回）
  到底是太太有智谋，这是千妥万妥。别说是鸳鸯，凭他是谁，那一个不想巴高望上、不想出头的？放着半个主子不做，倒愿意做丫头，将来配个小子，就完了呢！（同上）

把两段的画龙点睛之笔挑出来，是"我竟是个傻子"，"到底是太太有智谋"，对比着欣赏，就更值得一唱三叹。再向上还有程度绝高的，是第四种，上面已经表过，是不说话，净磕头，不重述。

  闲话到此，好像世故获全胜，直言被斩草除根了。其实不然，如我的乡先辈"难说好"先生就是突出的例外。还有，如果世风日下的原理不错，到所谓古那里搜求一定会更有收获。为篇幅所限，只举一位我最感兴趣的。那是南唐"酷喜老庄之言"的潘佑，对李后主的不干正事、跟大小周后混日子，江北有赵宋的强敌而看不见，他十分着急，连上七疏，却换来免官，只修国史，于是着急化为愤激，上最后一疏。幸而有陆放翁作《南唐书》，这篇妙文保存下来，只引应加圈的部分：

> 陛下力蔽奸邪，曲容谄伪，遂使家国愔愔，如日将暮。古有桀、纣、孙皓者，破国亡家，自己而作，尚为千古所笑，今陛下取则奸回，败乱国家，不及桀、纣、孙皓远矣。臣终不能与奸臣杂处，事亡国之主。（卷十三本传）

说李后主是亡国之主，百分之百的直言，也百分之百的正确，可是换来的是被收和自到。这是死心眼儿，或说迂或愚一类。其实杀他的李后主，在这方面也不比他聪明多少，如到汴京成为阶下囚，对答昔为属下、今为宋太宗特使的徐铉探问的时候，竟一阵发神经，由口里迸出一句："当时悔杀了潘佑、李平。"与刘阿斗的乐不思蜀相比，这话说得太直了，咎由自取，所以换来牵机药，从潘佑、李平于地下了。

纵观历史，因直言而从潘佑、李平于地下的人究竟有多少呢？显然，这是数学家也毫无办法的事。不能办的事且不管它。还是想想直言与世故间的纠葛，就我自己说，其中是充满酸甜苦辣的。直言向世故让步，成年以前是大难，俗话说，小孩说实话，委婉，以至于假，他们不会，也不想学。成年以后，人心之不同，各如其面，如有所谓造各种假的专家（包括一些广告家），当然说假的比说真的更为生动逼真。至于我们一般人，放弃直言而迁就世故，就要学，或说磨炼。这很难，也很难堪，尤其明知听者也不信的时候。但生而为人，义务总是难于推卸的,于是,有时回顾,总流水之账,就会发现,某日曾学皇清某大人,不说话或少说话,某日曾学凤丫头,说假的。言不为心声,或说重些口是心非,虽然出于不得已,也总是哑巴吃黄连,苦在心里。苦会换来情有可原。但这是由旁观者方面看;至于自己,古人要求"躬自厚",因而每搜罗出一次口是心非,我就禁不住想到我的乡先辈"难说好"先生,东望云天,不能不暗说几声"惭愧"。

机　遇

　　一生跟我交往时间最长的裴大哥作古三年多了。时间最长，是因为始于民初的小学同学，终于八十年代的送他到八宝山。他比我年长两岁，不知为什么上学较晚，在小学跟我同班。毕业后到北京上一两年中学，因为父亲吸鸦片家道骤落，不得不改行，自食其力，挑担卖一种早点小吃杏仁茶。穷苦，结婚晚，这位嫂夫人身体很坏，长年与药锅为伴，五十多岁就提前移住西天。我们几乎一生同在一城，见面机会较多，其中绝大多数是在他的宣南住所共晚饭。他爽直开朗，虽然生活相当困顿，却总是眼观顺利或有希望的一面。晚间少事，喜欢喝一两杯酒，面红之后，谈天说地，大有燕市狗屠的慷慨气概。可是晚年小变，大概是也看到不顺利的一面吧，记得常常说："人不服老不成。""人不信命不成。"这两句都是深入生活的经验之谈，可是性质有别，借用《易经》里的现成话，前者属于形而下，后者属于形而上。形而上，根深，所以更值得慨叹。我的老友韩君，由我之介，也跟裴大哥很熟，对于这形而上的信命也有同感。但是他说，依照传统，命有迷信色彩,不如说是天性加机遇。我的领会,他说的天性和机遇,都在因果锁链之内,所以即使总括为不可抗的命,仍是科学的。这可以举例以明之。先说天性,不同的人受生之后,多方面千差万别,只说智愚和刚柔,如《出师表》中的诸葛亮与刘禅,智愚有别,《捉放曹》中的曹操与陈宫,刚柔有别,都是与生俱来,非人力所能左右。再说机遇,问题比较复杂,韩君的想法可能是,巧到室内有蝴蝶之梦,室外真就中了奖,都是前因必有的后果,同样没有什么回旋余地,也就没什么稀奇。但常人的常识未必这样领会,比如"他乡遇故知",惊叫一声"太巧了",至少是情绪上,必含有"偶然"之意。偶然不同于必然。那么,说起机遇,究竟是纯必然呢,还是纯偶然或含有偶然成分呢?问题太大,太复杂,但与人生关系密切,所以想"老骥伏枥"一次,碰碰。

先要说句泄气的话,生涯的由过去而现在,由现在而将来,所经历的大大小小,究竟都是必然还是也有偶然,我们闹不清楚。消极但并不无力的理由是,偏向哪一方的一言以蔽之都有困难。这里就由困难立论。先说不能不承认因果规律的普遍性和确定性。理由之一是有大量的事实为证;之二是我们难得离开它,试想,如果种瓜不能得瓜,种豆不能得豆,那还得了吗?谈到此,像是物理学胜利了,因为规律有一网打尽之力,连某时想作一首歪诗,作,得某字,都成为必然。但是同样与人生有密切关系的伦理学(或称道德哲学)不会同意,因为这样板滞,意志自由就无处安放,也试想,如果懒散不干事,或热心吃喝玩乐,甚至杀了人,都说是因果规律注定的,非主观能动性所能变动,那就勉励,责任,向上,等等人类寄予希望的,都成为泡影了。显然,这里关键在意志的性质。我们主观觉得,至少是有时候,在岔路口,我们像是有任选其一的力量。但是因果论者会说,选这一条而不选那一条,也一定不是无因的,若然,就还是没有跳到因果规律之外。可是喜欢抬杠的人会更深追一步，说因果论还有不小的漏洞：一是最初因问题，说有说无都有理论的困难；二是没有办法证明，决不能出现新生因。公说公的理，婆说婆的理，一笔糊涂账，难于算清，只好不算。

那就躲开理论的一团乱丝，只用常识的眼看看机遇，或者说，不问其中有没有偶然成分，只说面对它，我们会有什么感受。显然，这要看机遇具体成什么样子，会产生什么影响。淝水之战，前秦强，东晋弱，可是强的败了，弱的胜了，是机遇，因此而得的感受，谢安的与苻坚的必大不同。缩小到个人，相差甚微的机遇会引来得失、苦乐、荣辱的大分别，感受也就会因之而大异。概括说，程度深的感受可以分为两类：一类是有幸，俗话所谓吉人天相；另一类是不幸，俗话所谓受命运的播弄。自然也容许中间的，或大量中间的，如未刺绣文而倚市门，托终身，未得张三而得了李四，以至持票子上街，未买金项链而买了电子琴，得失苦乐，界限不明，回顾时也会一言难尽。这种种情况会汇聚成一种总的情况，即机遇的总的性质，是"它力量很大"而"我们无可奈何"。这也会引来感受，就我自己说是敬而畏之。何谓敬畏？《论语》有"畏天命"的话，天命只能顺受，人无可奈何，这是敬畏，不是恨畏。康德在《实践理性批判》中说："有两种事物，我们越深入地思索，就越生敬畏之感，那是天上的星空和心中的道德律。"这是更典型的敬畏。与康德的星空和道德律相比，机遇较下而零碎，可是力量像是更大，因为更切身，影响更显著。这需要进一步研究。以己身为本位，机遇还可以分为已然和未然两类，两类的重要分别是可知和不可知。这分别又会引来感受的不同。还是说我自己的，对于已然的，感受常常是惊奇加敬畏；未然的，感受常常是疑虑加敬畏。未然的，不可知，除坐待之外，没有多少话好讲；以下着重说已然的。

先说两种大的。一种是"地"，或说自然环境。生而为人，具有形和神,是生在冰岛还是生在赤道线上,自己不能选择,只能听从机遇。缩小到神州之内,是生在苏、杭还是生在北疆,也是自己不能选择,只能听从机遇。机遇有别,其下一连串的分别就随之而来,只说一种关系不大的,是食息于北地,听"吴娘暮雨潇潇曲"的机会就没有了。地的机遇中还含有天灾的机遇,其中最可怕的有火山、地震、决口之类,如一九七六年的唐山就是一例。另一种大是"时",或说社会环境。翻阅历史,远的,有"时日害(曷)丧,予及女(汝)偕亡"的环境,有"天下之民皆引领而望之"的环境,其后,有战国百家争鸣的环境,有秦皇焚书坑儒的环境。再后,还有五胡乱华的环境,贞观之治的环境。环境不同,所受和所感就会大不同。但浅斟低唱也罢,痛哭流涕也罢,个人终归是渺小的,绝大多数,除了听从机遇的摆布之外,似乎很难找出其他办法来。

悲观气氛太浓了,又理太多,失之枯燥,还是赶紧回来谈闲话。换为说有关机遇的"事"。为了亲切,避免道听途说,只好现身说法。想由大而小,由近于常而真正巧,说三件,以略显示机遇的性状和神通,然后也许加点感慨,收场。

第一件,说说机遇使我走上如果容许思考、选择就未必肯走的路。为了不太拖长,由师范学校毕业时说起。念师范,理当的出路,或者还可以加上个人的愿望,是到小学当孩子王,每月可以拿大洋三四十,那年头,这个数目,既可以养家又可以肥己。我一九三一年暑假毕业,不记得是自己没奔走还是没有人肯要,总之是到该有着落的时候竟没有着落。又,师范学校毕业,照规定是不得及时考大学,可是这一年例外,却有法而不执行。于是我就由通县而北京,费大洋二元,报考北京大学和师范大学。北京大学考期在前,侥幸录取,于是由人生的岔路口走入北大红楼。这自然也会种瓜得瓜,种豆得豆。瓜、豆是什么?半个世纪以后拿起算盘,加加减减,不幸所得竟是三种轻则值得慨叹、重则值得涕泣的。一种是"穷"。《送穷文》不好作,也不宜于作,改用省事而形象之法,举例,比较。我的一位老友李君,有选定路线之明,很早就投笔从商,而不很久就肚子大了,额头放光了。我呢,多年来是殃及池鱼,连老婆孩子也衣不能暖,食不能饱。不幸中之幸是妻有入《列女传》之德,看见旁人家的亮堂堂、黄澄澄、软绵绵而居然不想下堂,有时反而表示一些怜悯之意。我当然感激,但总是不能免于内疚。另一种是"苦"。苦不少,只说一种感受最深的,是本不当涂抹而不得不涂抹。不当涂抹,因为自知写不出有利于国计民生至少是给痴男怨女一点点安慰的东西。而还要写,起因一言难尽。上面说到穷,稿酬有救穷之力,纵使微乎其微,0.0001 总比零大,这就有吸引力,或说强制力,于是就不能不拿笔。不幸这竟与吸纸烟、喝白酒有性相近之处,到不需要它换衣食的时候,它还是赖着不走,于是还是拿笔,写。所写幸而变成铅字,看到的人,少数有嗜痂之癖,又本之好话多说的古训,甚至也用铅字喝彩;但我深知确信,必有不少人是轻则皱眉、重则嘲骂的。此之谓费力不讨好,所以本质是苦。还有一种,貌似渺茫而分量更重,是"无归宿",即深思冥索而终于不能心安理得。有人说,这是大家共有的缺憾,可以不计。我说不然,因为很多人是"虚其心,实其腹","不识不知,顺帝之则",也就是不求而已经心安理得。这是幸运的,如果我不走入北大红楼,也就会轻易地混入这幸运的一群吧?不幸是受了北大求知求真精神的"污染",不能安于"虚其心,实其腹"。于是也求。而很可怜,如我在旁处所说,终于未能如培根所推崇:"始于怀疑,终于信仰。"始于疑,终于疑,而又不能不吃喝拉撒睡,这有时集中为感受,就成为迷惘,失落,空。不是佛家的求之不得的空,是常人的本不想空而没有着落,所以比佛家的所谓烦恼更加烦恼。总括以上,是我走错了路。何以会错?是机遇。机遇已然,能不能补救?我的经验,说说容易,行就大难。再现身说法一次。大概是半年以前吧,想起《读书》编者赵女士的一席话,是说她的光荣经历,在王府井,连续七年,一手捉刀,在店门外吆喝卖西瓜,我一时灵机一动,这山看着那山高,就提笔诌了一首打油诗,曰:"欲问征途事,扬鞭路苦赊。仍闻形逐影,未见笔生花。展卷悲三上,寻诗厌六麻。何如新择术,巷口卖西瓜。"明白表示想改行,反赵女士之道而行。可是又二百天过去了,我不只没有改立巷口,而且仍在室内写不三不四的文章,因而就更不能不慨叹机遇的力量之大。

第二件,旁人之口,会说是属于吉人天相一类。一九七一年春天我干校结业,被动往京、津之间运河以东的故乡过两肩担一口的生活,其后几年都是乡居避暑,城居避寒。一九七六年,承友人南京郭君和苏州王君的好意,由四月中旬起,到南京、扬州、无锡、苏州、杭州转了一圈,费时一个多月。回北京以后,腿劳累,心像是更劳累,到该往乡居避暑的时候,忽然想破例,不去了。贤妻同意,因而两三句话就定下来。不久就是七月下旬,唐山大地震,后来听近邻说,只几秒钟我住的房子就倒塌,如果我回去,就必致埋在房顶之下,其后自然就是不幸遇难了。这也是机遇会有大影响的一例,现在想,如果那一年不作江南之游,那就不要说这本《续话》,就是前几年那本《琐话》,也就写不出来,因而也就不至尘有兴致听闲话诸君的慧目了。

第三件,无关紧要却巧得有意思。我有个同祖的表弟蓝君,中年在北京丰台以南大葆台汉墓旁的郭公庄落户,是十几年以前,我还有精力,想骑车兼郊游,到他家去看看。早饭后由海淀启程,南行二十多里到丰台北部。有岔路,不知道该怎么走。左近没有人,正在犹豫,由镇内来一个多半老的男士。我上前说明要往郭公庄,请求指点的意思。他既老练又认真,说:"是郭庄子还是郭公庄,要分清楚。"我说:"是郭公庄,没错。"以为他该指路了,他却岔出去,问到谁家去。我说姓蓝的。他紧接着的一句话使我大吃一惊,是:"您姓张吧?"我说:

"是。您是谁？"他先是不说，过来就推车，然后说："到家再说。"我跟着到他家，喝着茶，才知道他是跟蓝表弟既幼年同村又在郭公庄共同经过商的孙君。我知道他，没见过，想不到这样遇见了。

三件事说完，不禁又总的想到机遇。糟糕的是我们既躲不开它，又管不了它。看来只能敬畏了。但畏，与"天行健，君子以自强不息"的精神不合，怎么办？强者或乐观者是知其性质而不畏，并以尽人力来扭转或补救。我呢，仔细想想，大概还是只能甘居下游，为庄子之徒，至少是明知无力扭转的时候，就"知其不可奈何而安之若命"吧。

失　落

　　我老了，同不少老年人一样，不免有青壮年没有甚至不理解的感触。有感触是"情动于中"，照《毛诗序》的想法，随着来的还有"而形于言"。言，偏于零碎的用口，偏于成套的用笔。古人云，"言之无文，行而不远"，化大道理为现前事，是写下来，何时有兴趣算旧账，就可以一五一十重复一遍。这里也想重复一遍，走上心头的也许不很少吧，而一时捉住的是两处。一处简捷明快，是若干年前所填《贺新郎》词里的一句，"白发冯唐真老矣"。另一处絮絮叨叨，说来就话长了。是两年以前吧，电视播了短连续剧《人到老年》，因为主角中有熟人韩善续，又表现的主旨是老年人的无着落之苦，于我心有戚戚焉，所以就占用一些睡眠时间，看了一部分。不全面可以显示全面，觉得剧编得不坏，能够透过浮面，触及人生问题；演得也好，自然，像实人实事。这意思曾向有关的人说，他们希望我写出来。其后就真写了，刊于《人民日报》。我认为分量重的话是以下几句：

老之感到无着落,原因是,先则天弃之,其后才是人弃之。天弃,表现万端,人弃也表现万端,可以用一斑窥全豹法,举作《白头吟》的卓文君为证,眉如远山,肤如凝脂,曾经如此,可是时过境迁,好汉提当年勇又有何用!不幸也是天命,好汉总不甘心扔掉当年勇,枯寂的老朽总不甘心离开当年的热闹。这就造成天与天的不协调,人与人的不协调。

天不要了,而己身的"天命之谓性"却梦想回天;人不要了,而己身的梦想却希望还有人不弃。回天,谈何容易!比如头童齿豁恢复为红颜翠鬓,自然做不到。所以可能的安慰只能来于人。但这又是谈何容易,所以只好谦退,安于得一点点善意,甚至一点点世俗的和气。但世间事不少例外,比如限于我的经历,就曾不止一次,所受竟远远超过善意。这样的稀有一时使我感奋,更多的是震惊,应该如何对待?常是震惊使我莫知所措,及至心情恢复平定,想到应如何对待的时候,早已事过境迁。而感奋之情却像是有增无减,其后随着来的必是悔恨,悔恨又一次"失落"。如何补救呢?也只能写下来,以求不忘有这样的失落而已。

值得记下来的有两次,以时间先后为序,先说前一次。是一九八四年,旧历中秋节前的两三天,我预购由北京往天津的慢车票。这句话包含的事不少,需要略加解释。在中秋节前,是因为老友齐君中秋节生日,我携老伴每年秋天到天津看看亲友,此时前往就可以一箭双雕。预购,是因为同往的还有杨君,约定某次车发车前半小时在车站见面,怕万一至时票难买,计划不能实现。慢车,是因为短途,多费时间无几,可以避免车上拥挤。总之是想得不坏,然后是照预想的实行。不记得听谁说,可以到西直门售票处去买,于是坐车往西直门。到了,排队,慢慢前移,好容易到售票口,一问,才知道这里不卖。

问哪里卖,说"到东单看看"。东单,比永定门车站近便,心中一喜,于是乘兴而往。又是到了,排上队。队很长,前面是个三十多岁的中年男士,衣着朴素,风度清雅。他看看我,总是出于惜老怜贫之情吧,问我买到哪里的票。我告诉他,兼说了西直门碰钉子的事。他听了,稍微沉吟一下,说:"您先排着,我去看看。"说着,他走往售票厅的南端。那里墙上有各种表,他仰头看,想是想弄清楚这里是不是卖预售的天津慢车票。看了一会儿,大概终于没弄清楚,他走回来,却并不到原地插队,而挤向售票口。多人排队,跳到前面挤,是大难事。可是他终于成功了,回来告诉我,是这里还是不卖,只能到永定门车站去买。临别,他还问我是否知道坐哪路车,并说:"那里准卖,就不必急了。"我心里很不平静,细看看他,想说点什么,又一时想不好说什么,只费力地挤出两个字,"谢谢",无可奈何地走了。及至上了车,被这位的超常的善意赶跑了的灵机才溜回来,我这才领悟,像这样罕见的人,我应该同他结为忘年交。办法也很简单,不过交换一下姓名、住址而已。不幸是心情感奋时灵机就泯灭,以致应该取得并珍重储存的竟成为失落。

再说最近的一次,乘公共汽车时的所遇。是一九九三年六月十五日,星期二,照我的生活日程表,早晨七时半左右走出家门,由北京大学站乘332路汽车,到白石桥站换111路电车,入城。332路车由颐和园来,一般是到北京大学站就有人满之患。这一次是半满,即站着的人不太多,可以不费力而前后走动。我由前门上车,见后面人较少,就慢慢后移。移到接近中间那个圆盘,车已经过民族学院,再停车就是白石桥站。我一阵心不在焉,见后面路上无人,就想移到中门。不想刚走一两步,车忽然往我的左方一扭动,我的身体就往右方倒下去。右方有坐着的人,我靠在他身上。就在这一刹那,坐在左方的一位女士飞跑过来,用两手圈住我的左臂,把我拉起来。然后她指着她的座位，让我坐。我说我前面就下，不坐了，就走往中门。大概到长河附近吧，觉得有个人也走到中门，站在我身旁。无意中一看，竟仍是她。面目文雅和善，穿一身朴素的单衣，约莫三十多岁。我们都没说话，我想，不过是碰巧同站下，浮萍流水，走出车门，也就各自东西了。不久车到站，车门开了，万没想到，她还是伸出两手圈住我的右臂，扶我下车。我感激之情变为急迫，用辩解的口气说："我腿脚还可以，不用这样吧。"她没说什么，可是下车后还不松手，又扶着我走上边道，前行，走下边道，进了车场，才放开手。我一时不知如何是好，还是只能费力挤出两个字，"谢谢"，甚至没有多目送她，就奔上停在站内的111路电车。还是同上次一样，及至开了车，灵机溜回来，才如大梦初醒，觉得应该向她表示非同一般的谢意。自然是醒后想，也不是没有办法，因为提包里恰好带一本新出版的《张中行小品》。比如分手之前这样说："恕我冒昧，耽搁你一两分钟。我想送你一本拙作，以表示谢意，可以吧？"如果她肯接受，我愿意写上她的名字，以期我和她都记住，这惜老怜贫的善意，至少在我的心里，是比任何浮名和显位都珍贵的。然而可惜，这如意算盘只存于事后的遐想，至于实际，所得仍是两个字，失落。

失落是不幸，而又无法补偿，所以是痛苦的。痛苦，能够说说也许好一些吧？当然，如果天赐好风，这说说的声音能够吹入他和她之耳，从而这深藏于心的谢意就有了归宿，那就再好也没有了。这显然又是遐想。于是我所能做的，所能有的，也只是写这篇小文，说说而已。

月是异邦明

我不是连月光也是外国的亮派,可是实事求是,也不得不承认,有时候,或在某一方面,外国的什么确是值得效法,至少是参考。说效法,参考,不说买,是想把谈论的范围限定于唯心,而不及唯物。说到物,大如汽车,追奔驰,小如饮料,追可口可乐,甚至纯土而不洋的,包装上印几行洋字,档次就像是提高了不少,总之是已经有口皆碑,再说就等于颂扬人活着要吃饭为真理,将为三尺童子所笑。而说起唯心,我这里断章取义,是指对于某种事物,我们怎样看,或更具体些,怎样评价,还苦于范围太大。应该缩小,即指实说。可是有困难。困难之小者是千头万绪,三言两语说不清楚。困难还有大的,是事不只关己,而且及于古往今来的大己小己,说,求明确就难免是是非非,也就会成为不合时宜。但是还想说,怎么办?只好多叙事,以求因事见理。此开卷第一回也,宜于说说想说的因缘。也不好过于指实说,是近一个时期,见了一些什么,闻了一些什么,旧的胡思乱想之习不改,于是想到过去,想到将来,想到事,想到理,想到希望,想到幻灭，想到幸福，想到苦难，想到明智，想到愚昧，终于想到难难难，心里不免有些凄惨，古人云，情动于中而形于言，所以想把这些乱七八糟的统统写出来。内容过杂，但也有个主线，是小民，数千年来，为求幸福，至少是安全，曾经有多种想法，这多种想法中有泪，也有理，可惜这理并不容易明，所以还值得深入想想；如果凭己力想不明白，那就学玄奘法师，到异邦去取点经也好。

也是古人云，天地之大德曰生。小民也是人，因而也就乐生。生有多种，专由苦乐一个角度看，有人很苦，如缺衣少食还要受欺压的小民；有人很乐，如帝王。苦乐的来源，可以是天，但绝大多数来于人；因为天灾是间或有，而且天塌砸众人，受害而心可以平和，人祸就不同，而是强凌弱，众暴寡，无孔不入。受人祸之害，苦而心不能平。不平则鸣，是韩文公的高论。这论其实还应该有下文，是一、鸣必无用，因为人祸来于力（绝大多数来于权）不均等，鸣不能改变权的不均等状态；二、也是由于权不均等，有权者可以使无权者不敢鸣（用刑罚之类的办法），甚至不能鸣（用垄断报纸、电台之类的办法）。而苦和不平则如故，怎么办？理显而易见，是求有某种力，能够变不平为平，或说得实惠些，来保障安全甚至幸福。这某种力，究竟应该是什么，如何取得，问题过于复杂，或者说太大，不好说；只好避近就远，或说数典不能忘祖，由高高的说起。

最高的，依旧的常识，是天。天，圣贤怕，所以说"畏天命"；帝王也怕，所以要定时祭祀，祭祀之前还要斋戒。如果天真能主持公道，维护正义，人间的不平，以及由不平而来的苦难，就可以没有至少是减少了吧？小民是这样希望甚至进而相信的，所以总是欣赏这样的话："天道福善祸淫。"（《尚书·汤诰》）"天之所助者，顺也。"（《易经·系辞上》）"天之道，损有余而补不足。"（《老子》）但希望总是希望，事实呢，大量的循规蹈矩的小民还是备受苦难，不少杀人如麻的在上者还是享尽荣华富贵，最后寿终正寝。事实胜于雄辩，所以就是在古代，也还是有"天道远，人道迩"之叹。不信天道，有另想办法的，如荀子作《天论》，就说："大天而思之，孰与物畜而制之？从天而颂之，孰与制天命而用之？"还有表示痛心的，如杨衒之在所著《洛阳伽蓝记》里说："昔光武受命，冰桥凝于滹水，昭烈中起，的卢踊于泥沟，皆理合于天，神祇所福，故能功济宇宙，大庇生民。若（尔朱）兆者，蜂目豺声，行穷枭獍，阻兵安忍，贼害君亲，皇灵有知，鉴其凶德；反使孟津由膝，赞其逆心。《易》称天道祸淫，鬼神福谦，以此验之，信为虚说。"虚，实，难证，但总是远水不解近渴，又语云，得病乱投医，于是，放弃天道也罢，半信半疑也罢，而幸福和安全是迫切的，所以不得不另想，或兼想别的办法，其性质是娘娘庙烧香不灵，只好转往太上老君庙，或呼天不应，只好降而图实际，呼人。

这办法是许多人想出来的，但可以推孔孟为代表，因为信得最坚，喊得最响。办法是什么呢？是求高高在上者能够行王道，或说施仁政，爱民如子。小民的所求是明确的，用孟子的话说是"养生丧死无憾"。这仁政的办法是在实况制约之下想出来的。实况是有权无限的高高在上者，而在上者，因为权无限，就可以英雄造时势，甚至一张口就举国震动。以这种情况为背景，不只孔孟，就是我们中的一些人，也会相信，"如果"在上者乐于施仁政，小民就可以福从天上来，一切与幸福、安全有关的问题就都不成问题。施仁政是老话，新说法是贤人政治，这就会引来两个新问题：一是如何能保证在上者必是贤人；二是贤人的所想（如太平天国要求小民拜天父天兄，然后分住男馆女馆），万一与小民的所求相左，怎么办？前一个问题更大，只说前一个。准情酌理，如果不贤，最好是换一个。可是不要说做，有几个人敢这样想呢？剩下的唯一办法，也是孔孟一再用的，是规劝加利诱，如孔说"先之，劳之"，孟说"王何必曰利，亦有仁义而已矣"，是规劝；孔说"为政以德,譬如北辰,居其所而众星共(拱)之",孟说"当今之时,万乘之国,行仁政,民之悦之,犹解倒悬也,故事半古之人,功必倍之",是利诱,可谓煞费苦心。而结果呢?理论上有两种可能,采纳和不采纳;而实际则几乎可以说只有一种可能,是你说你的,他干他的。事实正是这样,如孔孟奔波了半生,磨破了嘴皮,最后还是只能还乡,或授徒,或授徒兼著书。今天我们看,孔孟的办法,本质是乞怜,形态是磕头,其失败是必然的。这是孔孟的悲哀。也是其所代表的小民的悲哀,寄希望于天道,无所得,转而寄希望于(大)人,同样是一场空。

但是又不能不活,而且难于放弃奢望,幸福,至少是安全。于是只好再下降,或说变兼善天下为独善其身,具体说是寄希望于清官或好官,以求小范围之内,变欺压为公道,化不平为平。歌颂好官,推想应该是从有官民之分的时候开始,因为官是既有权又紧压在头上的,通例必作威作福,损民肥己,忽而出个例外,从小民方面说,以为送来的是棍棒,却是面包加果酱,怎么能不喜出望外?怎么能不焚香礼拜?其实还不只小民,即如太史公司马迁,不是也在《史记》中辟地,为一些循吏立传吗?等而下之,古今多种笔记,也是对于这种例外的官的嘉言懿行,无不津津乐道。小民不能写,甚至不能读,但盼望有好官则更为迫切,语云,有买的就有卖的,于是应运而生,就有了不少好官的传说。其中最显赫的是宋朝的包拯,因为小民敬爱,尊称为包公。其后还有个明朝的海瑞,也许因为晚生几百年吧,却没有高抬为海公。专说这位包公,舞台形象必是小民想望的,黑脸,表示铁面无私;能力大得不得了,所以探阴山,威风扩张到阳世以外。最让小民感兴趣的是只管公道而不管势力,所以如陈世美,与公主(相当于今日之高干子弟)结婚,也竟死在铡刀之下,为小民群里的秦香莲报了仇,雪了恨。真的包拯是否有胆量这样干,我们可以不管,姑且假定裘盛戎表演的就是真的,就是说,世间真有这样的好官,我们应该怎样看?一言难尽,只好多说几句。以一思、再思、三思为序。一思,我们应该与小民同道,说包公是大好人,值得钦敬,所行之事值得感激。再思呢,问题就复杂了,只说一些荦荦大者。其一,官是更大的官(包括最高的那位帝王)委派的,他好,也不能不具有两面性,即一只眼肯往下看,另一只眼不能不往上看,而眼往上一扫,爱民的思想和措施,还能保持多少,也就大成问题了。其二,要请数学家帮忙算算,包公式的官,赃官沈不清式的官,在所有的官中,究竟各占百分之多少?总不会包公占绝大多数吧?那么就来了其三,依概率论,比如父母官是包公的机会只是十分之一,甚至百分之一,小民的处境如何,就可想而知了。其四,靠官,官有权,他可以给你面包加果酱,也可以给你棍棒,除了听天由命以外,你有什么办法可以保证,他给你的必是面包加果酱,而不是棍棒?其五,这种歌颂包公式的好官,自然是因为苦难过多过深,渴望解倒悬的心情过于迫切,饥者易为食,渴者易为饮。这样说,我们就应该看到,比如陈世美被铡之后,人心大快的背后还藏着东西,是小民的长时期的普遍的深重苦难和无告,或说得形象些,泪水。还可以三思,是盼好官,歌颂好官,正如上面所指出,追问本质,是乞怜,表现的形式是磕头。我们现在标榜民主,乞怜与民主是背道而驰的。又,歌颂包公,不管包公如何秉公爱民,究竟还是官治,官治与法治也是背道而驰的。还可以想得再深些,如果民真能主,真依法而治,官好不好就关系不大,因为不管你心地如何,总不能不依法办事,否则民有力量让你下台,法有力量让你走进牢房。所以再推而论之,颂扬好官就正好表示,民未能主,法未能治。

话像是扯远了,还是转回来,说小民为了幸福和安全,寄希望于好官,这条路也难通,怎么办?只要还活着,希望是万难割舍的,只好另找寄托之地。古圣有云,"人心惟危",那就向和尚学习,近的此岸不成，干脆远走高飞，寄希望于神异的彼岸，就是说，靠人不成，只好求鬼神帮忙，主持公道，为有冤者报仇雪恨。前如《太平广记》，后如《聊斋志异》一类书，记因果报应的故事，真是太多了，都是这种希望的反映。这种形式的报仇雪恨，主角有强者，如李慧娘，是成为鬼后自己动手报。绝大多数是弱者，靠神鬼代为动手，如关公一挥青龙偃月刀，坏蛋人头落地之类就是。雷劈也应该算作这一类，因为劈死某人是由神决定的。关公挥刀，雷劈，都是现世报，痛快，解恨，可惜不常见，即不是天网恢恢，疏而不漏，比如判窦娥死刑的那个坏官，虽然六月降雪，却没有说他受冻而死。有遗憾总是不快意的事，于是退一步，放弃亲见而满足于耳闻，甚至推想，是阎王老爷铁面无私，判官有善恶清楚的账，欺人太甚的坏蛋躲过生前，躲不过死后，必上刀山或下油锅，所谓善有善报，恶有恶报是也。这想得不坏，可惜的是，许多压榨小民的人还是腰缠万贯，到林下享清福去了，关公和雷公并没有管。至于死后，更加可惜，报应云云只是传说或推想，谁也没见过。

到此，天道、仁政、好官、鬼神，一切己身以外的善心善力，作为小民幸福和安全的保障，就都成为画饼。剩下的真饼只是苦难，因为力或权不均等，自己总处于少的那一方，就难得摆脱这种困境。但还想活，怎么办呢？只好再退，用祖传的最后一个法宝，忍加认命。不问青红皂白，上堂重责四十大板，回家自己养伤，是忍。忍是心中有怨气而口不说，自然就更不会见诸行。但怨气终归是怨气，有违古圣贤不怨天、不尤人之道，总之就修养的造诣说还得算下乘。上乘是认命，即相信苦难是天命所定，或前生所定，命定，微弱如小民，又能如何呢？这样一想，也就可以释然了。这最后一种办法，表面看，不高明，因为是变有所求（求天道，求仁政，求好官，求鬼神）为无所求；可是用实用主义者的眼看，且不说高明不高明，总是最靠得住，就是说，靠天道、仁政、好官、鬼神之类，都会一场空，忍加认命就不然，而是必生效。也就因此，从有官民之分之日起，小民总是以这妙法为对付苦难的最后的武器，而其中的绝大多数，也就居然能够活过来。

忍加认命，是承认有苦难。无论就理论说还是就事实说，苦难总不是可意的。所以要变，或说要现代化，活不离题，即应该想办法，求小民幸福和安全的没有保障，成为有保障。这不容易，因为，如上面所叙述，几千年来，小民想了多种办法，并没有生效，至少是不能保证，哪一种办法必能生效。看来，祖传的办法是行不通了，应该改弦更张。这是一种想法。但也只是"一种"想法，因为还有不少人（确数只有天知道）并不这样想。证据是电视中所见，如《无极之路》，仍在颂扬好官；还有推波助澜的，就我的孤陋寡闻所见，是会写旧体诗的，写成组诗，在报刊上助威。恕我重复上面的话，对于现代包公式的好官，我同属下的小民一样，认为既值得钦敬，又值得感激。可是问题在于，如果这位好官不来，小民的幸福和安全，保障在哪里呢？所以，根据上面对于寄希望于好官的分析，我总认为，歌颂包公，歌颂海瑞，无论就事实说还是就思想说，都是可悲的，因为看前台，是小民的有告，看后台，是小民的无告。

现代化，不只应该要求不再有无告，也应该要求不再有有告，因为，如果幸福和安全有了可靠的保障，就不会有强凌弱，众暴寡，也就用不着告。这是个理想，如何实现呢？道理上容易说，也是上面提到，举国上上下下都首肯的，是变祖传的乞怜为现代的民主，变祖传的官治为现代的法治。祖传青毡，王献之舍不得，历代传为美谈，几千年来的想法和生活体系，变，又谈何容易！所以无妨听听鲁迅先生的劝告，暂且放下经史子集，看点异邦的。我当年盲人骑瞎马，在书林里乱闯，也看了些异邦的。专说与小民苦乐有密切关系的治道，有些书的讲法就很值得我们炎黄子孙三思。可举的书不少，其中绝大多数还没有中译本，为了简便易行，只举近在手头的两种。一种是法国孟德斯鸠著《论法的精神》（张雁深译，一九七八年商务印书馆出版，上下两册。此书还有清末严复译本，名《法意》，不全）。几乎稍有文化常识的人都知道，这是讲三权分立的开山著作，其主旨是，只有分权才能保障人民的自由。孟氏是十八世纪前半的人，书应该算是老掉牙了，但西谚有云，书不像女人，老了便不成，所以还是值得热心于歌颂好官的诸公看看。看，是看靠法不靠官，他是怎么说的。自然未必有取信于一切人的说服力，总可以参考参考吧。再举一种半老而未掉牙的，是英国罗素在半个世纪前（一九三八年）著的《权力论》，一九九一年商务印书馆出版吴友三的中译本。这本书量不大，主旨很简单，是一、权力是怎么回事以及表现的各种形式；二、容易滥用与可怕；三、如何节制。同《论法的精神》一样，其中所讲，我们未必尽信，但总是值得参考。值得参考，是因为，其一，他们所讲，是我们的经史子集里不讲的，只是为广见闻吧，也应该看看。其二，在生活与治道的大问题上，我们一贯是寄希望于善心，结果所得是画饼，而仍想活，并活得如意，就应该看看人家不问善心，在权上打算盘是怎么讲的。其三，人祸的苦难，绝大部分由权来，我们乞援于善心而想不到如何对付权，是空想，人家实际，如果所想对了，并有办法，就会使画饼变为真饼，实惠，为什么不尝尝呢？总之，直截了当地说，在这方面，我觉得，外国的月光也还是可以去看看，所以取古人什么什么与朋友共之义，希望有些人，于歌颂包公、海瑞之暇，也找这类书看看，当然，更重要的是看后想想。

锦瑟无端

治文标题,以短小精悍,能引诱读者欲知究竟为上,所以选了以上四个字;其实,如果求货真价实,应该写《由李商隐的〈锦瑟〉诗说到读书不求甚解》。为什么想谈这些呢?所为有三项。其一是凑凑热闹。时和地远的,或远些的,留到下面说。这里只说近的,单是一九九〇年,《读书》作家王蒙就发表了两篇,七月号的名《一篇〈锦瑟〉解人难》,十月号的名《再谈〈锦瑟〉》,随世风,不管是逐香还是逐臭,我也想挤向前,吆喝两声。其二很平常,是自己也有些意见,不吐不快。其三就扯远了,是觉得,至少是有时候,读书,也无妨走懒散的一条路,即不钻牛角尖。所为杂,内容自然就随着杂,甚至布局也难,只好想到哪里说到哪里。

由锦瑟说起。锦瑟是一种乐器,应由谁用,法律没有规定。但有不成文法,是与女性关系很近,与男性关系很远。以时间先后为序举一些证据。《史记·封禅书》说:"太帝使素女鼓五十弦瑟。"这素女是神仙一类,但标明是女性。杜甫《曲江对雨》:"何时诏此金钱会,暂醉佳人锦瑟傍。"这锦瑟为世间的美女所鼓,所以连一贯正经的杜老也乐得多喝两杯。《酉阳杂俎》:"锦瑟,令狐楚家青衣也。"佳人的身份又下降,但其为女性则始终不变。这样,凭联想,也可以发问,李商隐《锦瑟》诗以"锦瑟"开篇,并以之名篇,除了"五十弦",以及仿古,用篇首字标题以外,是否还与妻室之外的女性有些牵连?如果我也有钻牛角尖的兴趣,那就可以联系诗中的"迷""春心""泪""烟"等字大作其索隐文章。只是因为我对索隐缺少信心,这段牵涉佳人的文章只好案而不断了。

接着加一个字,谈《锦瑟》诗。这首诗难解,为世人所公认。分别在于怎样处理:少数人高估自己的能力,甚至相信众人皆醉我独醒,于是考,解,或兼驳异己,结果就以为一言定案;绝大多数人是用孔圣人的办法,先是多闻,因为多闻,反而不能不阙疑。与文相比,诗是较难解的,因为言简意曲。李商隐在这方面走得更远,或最远。他的诗,难解的颇有一些,如大部分《无题》诗都是。就我还记得的说,如《碧城三首》《镜槛》之类,就更加晦涩。但晦涩的是内容;至于字面和格调,则既明快又美丽。这是李商隐特有的本领,有些篇,能够使你既说不明白,又感到美极了。《锦瑟》诗就是这样的一首,如果不是感到美极了,念一遍,不知何意,扔开也就罢了,何必费大力考,解,自寻苦恼呢?但一考一解,就不能不碰到对错问题。

如果是只此一家还好。不幸是有多家。说不幸,理由由逻辑来,那是:互相反对的两种判断,可能都错,不可能都对。多种也是这样(应该说更是这样),可能都错,不可能都对。离开逻辑,两种与多种间还会有价值的分别。举例以明之。杜甫《羌村三首》"娇儿不离膝,畏我复却去",有分歧的两种解释,一种,所畏是"我",另一种,所畏是"我复却去",哪种对?如果请数学家评论,那就各得二分之一。赵州和尚答人问"如何是祖师西来意",说"庭前柏树子",何意?我翻看《五灯会元》，随手记诸禅师的所会，不下十种，哪种对？也请数学家出马评论，假定不多不少为十种，那就每一种可能对的机会，降为十分之一了。《锦瑟》诗的解释，如果小的分歧也算，大概要多于"庭前柏树子"，所以，如果请数学家评论，那每一种的对的可能性，就会小得可怜了。我们或者应该反对平均主义，那就必须由数字的概括走向解释的具体。这笔账很复杂，但并非不能算。我是指大多有个共同的性质，是论断来于推想的多，来于证据的少。其结果，至少是有些地方，就难免说服力不强，甚至牵强附会，为异己者指出，成为不可信的把柄。关于这些，为本篇的性质（《锦瑟》只是个引子）所限，不能多说。

为有些不很熟悉这方面情况的读者着想，又不能一点不说。以下以猜测及猜测之未能圆通为纲，也说"一篇《锦瑟》解人难"。

一种解释，是悼妻王氏之亡。持此说者不少，就我的孤陋寡闻所知，有朱彝尊、冯浩、孟森、刘盼遂等。至于理由，则人各异辞。以"五十弦"为例，朱彝尊说应为二十五，"弦断而为五十弦矣"，二十五何意？"二十五而殁也"。这样说，二十五是王氏逝世之年。孟森说："瑟实为二十五弦，但古传为五十弦所破，合两二十五为古瑟弦数。义山婚王氏时年二十五，意其妇年正相同。"这样说，二十五又成为王氏出嫁之年（案王茂元不会等到女已二十五岁才选婿，孟森的"意"必靠不住）。到刘盼遂就更离奇了，说"五十弦当是十五弦之误倒"，何以知是误倒？因为据考证，王氏由出嫁到逝世，恰好是十五年（一说为十三年）。没有版本根据而说误倒，显然是先有猜测后造证据。还可以举第六句"蓝田日暖玉生烟"为例，都判定是悼亡，解释则大异：朱彝尊说玉生烟是表示已葬；孟森说全句是表示会合之乐；刘盼遂说是伤王氏所生子女多不能成立，证据来自《北齐书·陆卬传》，卬母封蓝田，生了不少好儿子。写到此，我忽然想到，如果李商隐有灵，看到这些瞎子摸象式的奇谈怪论，会有什么感受？除了发笑以外，还会不愉快。即以"蓝田日暖"句为例，他会拙劣到用多生子的僻典表示子女不能成立吗？所以，钻牛角尖，总是不只可笑，而且可怜的。而不幸，这样可笑可怜的猜谜还多得很，估计多数读者不会有耐心再看下去，以下长话短说，点到为止。

另一种解释，是自题其诗文集。持此说者，前有何焯的友人程湘衡，后有钱钟书和周振甫。理由或引线是这首诗列为首篇。这理由力量不大，因为李的诗文集非自编，何焯和纪昀早已指出，列在卷首或出于偶然。再看诗题，引证说锦瑟喻诗，我看是不如说喻佳人较为省力。首二句，认为所思者是篇什，诗句却分明说所思者是华年，似也可以不必这样走弯路。至于说三四句是讲诗的作法，五六句是讲诗的风格，我看倒过来说也可以找出不少文献助手，像是言之成理。总之，我的印象，也是猜谜，对的可能性远没有错的可能性大。

另一种解释，是有寄托，即诗句内含本事，有所指。持此说者为张采田。显然，这有如作《红楼梦索隐》，更容易牵强附会，如"沧海月明"句指李德裕被贬死于崖州，"蓝田日暖"句指令狐楚相业煊赫，都只是胡思乱想。

另一种解释，是追怀意中人。持此说者为纪昀，他说："盖始有所欢，中有所限，故追忆之而作。中四句迷离恍惚，所谓惘然也。"这像是有可能，问题是这类难言之隐，除作者本人之外，谁也难于说清楚。

另一种解释，是自伤身世。持此说者为何焯。这种想法与"一弦一柱思华年"的句意切合，又因为由胶柱鼓瑟变为大致如此，错的可能性小了。不过究竟对不对，也是只有作者才能知道。

最后还要提一下作家王蒙，如果说他的本行是写小说，讲《锦瑟》诗就成为反串。可是串得不坏。这样说，不是因为我和他有碰杯之谊，而是因为他确是后来居上。上，不是由于他猜得准，而是由于他少猜测而多分析。至于怎样分析,三言两语说不清,只得从略。

至此,明眼的读者想早已看出,对于猜谜,我是殊少信心的。为什么?恕我不郑重一次,复述个旧传笑话。有个冬烘先生进考场充枪手被捉住。考官处罚前出题要求口答,说答好了就免罚。题目是申说"天命之谓性,率性之谓道,修道之谓教"的奥义。冬烘先生问可否用手势答,考官说可以。冬烘先生伸右手食指,先指上,接着指下,然后先指考官,后指自己,最后两手拇指对拇指、食指对食指,作一圆形,完。考官大为赞叹,免于处罚。旁边的人问考官手势的意思,考官说:"你们哪里知道!这是表示:三句的奥义,上包括天,下包括地,中包括人,总而言之,不过太极图而已。"听者随着赞叹之余,遇见冬烘先生,复述考官的解释,还表示敬意。冬烘先生大笑,说:"哪有那么回事!我是表示,三句的奥义,天知道,地知道,考官知道,我不知道,谁知道谁是个大王八。"话归《锦瑟》诗,李商隐相当于以手势表意的冬烘先生,那些乐于猜谜的诸公,不过把大王八看作太极图而已。这里的关键之关键是李商隐没有说那个圆相指什么,以致解为太极图的,假定还有解为无极图的,解为圆成实性的,等等,就都可以自我陶醉一番。

显然,最保险的办法应该是:上游,说作者没说,我不知道;下游,说也许是这个意思,但拿不准。由圆相看到太极图的诸公不是这样,以刘盼遂的《李商隐锦瑟诗定诂》为例,不只诂,还加个"定",非自我陶醉而何!所以,权衡得失,还是拓跋氏的贤子孙元好问高明,他作《论诗三十首》,第十二首说:"望帝春心托杜鹃,佳人锦瑟怨华年。诗家总爱西昆好,独恨无人作郑笺。"无人作,意思是没有人能够解释清楚。这证明他有见事之明,也有自知之明。

我,大胆狂妄一次,也有自知之明,所以读而不求甚解。不甚解是如何解?这又说来话长,先要岔出去,解不求甚解。

几乎人人都知道，这说法的娘家是陶渊明的《五柳先生传》，原文是："好读书，不求甚解；每有会意，便欣然忘食。"表面看来，话既简又明，没什么难讲的，其实不然。问题在于，所谓甚解究竟指什么。或者由反面考察，不甚解，是否指懂不懂，对不对，都没关系？显然不是这样，因为由他的诗文看，他读书的成绩并不坏。又他作《责子》诗，说几个儿子没出息，证据几乎都是不好好读书。那么，为什么自己却不求甚解呢？我以为，这要由时代的学风和他的生活之道方面寻找解释。其时是道家思想（融合一部分佛家思想）占上风；陶渊明呢，是守身多儒，应世和应事多用道。道家是厌弃文化、主张归真返朴的，表现于行就成为随顺，不沾滞。求甚解，钻故纸，是沾滞，不超脱，与道家的向往逍遥相左，所以要扔开。这种不沾滞的生活态度还表现在其他方面，如《宋书·隐逸传》说他"蓄素琴一张，无弦，每酒适，辄抚弄以寄其意"，现代玩电子琴的新人物会觉得可笑吧？笑，是因为那样的高风，我们难于体会。对于不求甚解，我们也应该作如是观，不是没有能力，是看作无所谓。不求甚解还有另一种意义，来于其时知识界大谈特谈的言意关系。这方面的内容很复杂，只说要点，是：于"理"，确信"言不尽意"，即意杂言简，意精言粗；于"用"，推重"得意忘言"，即意重要，只要心里有所得，就不必在言上多纠缠。陶渊明也顺应这种学风，所以在《饮酒》诗中说："此中有真意，欲辨已忘言。"上面引的"每有会意，便欣然忘食"，立意更深，就是有所会，如孔子之"三月不知肉味"，当然就不在言上纠缠了。至此，可以总括一下，说不求甚解有"道"和"术"两种意义：道是看作无所谓，术是取精舍粗。为了分辨以致用，我们可以称属于道的为脱略世事，属于术的为得意忘言。道太高，术则可以酌量用之。情况留到下面说。

这要撇开陶渊明的不求甚解，说我们的不求甚解。我想到的有三种情况，可以用三种方法来对治。由对治的方面立名，第一种可以名为"安于不知",第二种可以名为"囫囵吞枣",第三种可以名为"得意忘言"。

先说第一种,安于不知。符号(其中绝大部分是语言文字)表意,能否相通(甲表示,乙明白),要看是否在约定俗成的范围之内。应该在之内。但由于种种原因,也会跳到之外,如错字,表达不清,因不宜显而隐,以至文献中的脱误、错简等等都是。这样的不可解还有程度之差。本段所说第一种是程度深的,即联系上下文也不知道是什么意思,所以最好是安于不知。以《论语·乡党》篇的"色斯举矣,翔而后集"为例,色斯举矣,就句法说是一色就飞,"色"究竟是什么意思?汉经师马融解为"见颜色不善",朱熹《论语集注》加细说,是"鸟见人之颜色不善",人之颜色不善怎么能用一个色字表示呢?显然是牵强附会。我以为,与其牵强附会,不如不求甚解,干脆说不知道。(商承祚推测为"危"之误字,可备一说。)

第二种是程度浅的,本身难解,联系上下文却可以推定是什么意思。也举个古书上的例。《史记·陈丞相世家》记汉文帝责问陈平:"苟各有主者,而君所主者何事也?"陈平答:"主臣。……"又《冯唐传》记文帝慨叹不得廉颇、李牧为将,冯唐答:"主臣。……"又张晏引马融《龙虎赋》:"勇怯见之,莫不主臣。""主臣"难解(昔人有多种解释),但联系上下文,可推断为表敬畏之意,则无妨用囫囵吞枣法,取其大意而不在主臣两个字上求甚解(讲明所以然)。

第三种是得意忘言。读诗词中的不少篇什,无妨用这个办法。原因是,诗词中的有些情(或说意境),有的不易说,有的不好说,不得已就声东击西,以鹿代马。读者看了,感到其中有所指,或有本事,可是指什么,本事是什么,只能猜想而难于确定。但情的性质是大致可以摸索到的。这摸索到的可能与作者合拍,那当然好;即使不合或不全合,只要自己有经历诗境(或称为欣赏)的所得,就不算枉费心机。

举朱彝尊一首著名的小词《桂殿秋》为例:"思往事,渡江干,青蛾低映越山看(读阴平)。共眠一舸听秋雨,小簟轻衾各自寒。"专说"共眠"和"各自",我们总能感到事不简单,情更不简单,怎么回事?可以猜想,但不能保证必对。那就不如用得意忘言法,读,捉摸,如果联想到"河汉清且浅,相去复几许",一阵怅惘,甚至落一两滴泪,不是也很好吗?

这就可以回到《锦瑟》诗。与上引《桂殿秋》的迷离相比,《锦瑟》诗是双层迷离,因为还多了用典。其结果是所指就更难猜想。但也不无好处,是更适于用得意忘言法。我在拙作《诗词读写丛话》中就曾用这个办法,借他人的锦瑟来抒发自己的心曲。所得是:"锦瑟无端五十弦,一弦一柱思华年",一晃年已半百,回首当年,一言难尽。"庄生晓梦迷蝴蝶,望帝春心托杜鹃",曾经有梦想,曾经害相思。"沧海月明珠有泪,蓝田日暖玉生烟",可是梦想和恩情都破灭,所得只是眼泪和迷惘。"此情可待成追忆,只是当时已惘然",现在回想,旧情难忘,只是一切都如隔世了。这虽然也是自我陶醉,但所得不假。所得是意,是可以忘言的意,也就没有对错问题。不牵涉对错,故甲无妨如此解,乙无妨如彼解,只是都要附带一个条件,是,不要以为作者必是这样想的。

在乐于求甚解的诸公看来,这不求甚解的读书法也许是不认真的胡来吧?人各有见。我是始终认为,对于像《锦瑟》诗这样难解的篇什,与其费力猜谜而不能圆通(合情理,多数人会首肯),或说不能取得对的证明,就不如用这可贵的时间和精力干点别的。还可以说得堂皇一些,那是孔老夫子推重的,"不知为不知,是知也。"

出 世

人生不过是这么一回事,但是对它的态度以及处理办法却可以大有差别。办法有常有变,或者说有顺有逆。举例说,中国的儒道和来自印度的佛道相比,前者是常,是顺,后者是变,是逆。绝大多数人走的是常道,生生而不问其所以然。这是世间法,像是行船顺流而下,比较简易。佛道就不然,对人生的看法、处理,常常与一般人相反,这是出世间法,逆水行舟,困难不小,因而"真正"信受奉行的是极少数。

出世,这是方便说,因为变是变世俗之道,逆是逆世俗之道,出也罢,入也罢,都是"在世间"所行。但是这与一般人的在世间所行大有分别,举最显著的说,佛家否定世俗的所谓幸福,而向往彼岸,即所谓涅槃,这在常人是会感到奇怪,甚至难于理解的。

难于理解,是因为道不同,不相为谋。这所谓道,最根本的是对生命活动的看法。"生"是客观事实,对于这样的事实,一般人是不疑不问,"顺帝之则";佛家则不然,他们认为生是无常,是苦,用世间常道求乐避苦，其结果是不能超出轮回，越陷越深，也就是要受永无止境的苦。苦乐，这是切身的大事，佛家与常人的认识相反，因而对付的办法也就大不相同，大致说，常人取的偏要舍。常人是率性而行，佛家偏要改性，由常人的眼光看，这是变，是逆。

处理人生问题，逆水行舟，引起的问题有两个：一、这样认识对不对；二、如果认识不错，并且真正信受奉行，能不能取得期望的效果。

先看看前一个问题。人生无常，有生必有死，这是常人也承认的，问题在于，对这样的现实如何评价。显然，评价主要须靠当事者的感受。同样一种经历，甲可能感到乐，乙可能感到苦，或者，苦乐的感受虽然差不多，甲可能觉得好，认为宜于取，乙可能觉得坏，认为宜于舍。如果这不同的感受都是来自内心，一方想说服另一方就非常困难。佛家称现世为娑婆世界，意思是充满苦，这对不对呢？常人当然不这样看，但是否定这样的认识却不容易，因为：一、世间生活中有苦，这是事实；二、忍苦，碌碌一生，终于是无常，实在不值得，这样的认识也能自圆其说，至少是可以自行其是。自然，这样认识的是少数，但是，在这样的问题上，少数也必须服从多数吗？似乎不能这样说。

佛道，出世法，我个人看，可评议的主要不在于"看法"，而在于"办法"，也就是上面提到的第二个问题，信受奉行，能不能得到期望的效果。这里假定人生是苦的看法不错，脱离轮回的想法很好，怎么办呢？佛家的办法是出世，用"般若"渡到彼岸，求得涅槃。这就使人不得不想到两个问题：一、涅槃的境界是否实在；二、有没有可靠的路径通向涅槃。

由常人看，佛家眼里的世界像是很奇怪，凡是常识上切身感知的，他们都看作空幻（只有"苦"似乎是例外），而常人难于想象难于理解的涅槃境界，他们却看为实有。这同柏拉图的视"观念"为实在，现前为假象，颇有些相像。自然，这样分辨实虚，也可以讲出一番道理来作为依据,不过困难在于,这样的道理,如果跳出来冷眼看,常是滞碍多于圆通。一、在现世界,何以证明是"实有",以及什么是最可信的"实有",这类问题很复杂,不过,只要我们不得不承认情况是"有"而不是"无",我们就不得不尊重使我们觉得"有"的"感知",因为无论是摄取实相,还是组织知识,我们都不能离开它。即使是哲人,碰到实虚问题,也不得不把切身感知看作"实"的最重要的依据。佛家要出世,也许因为必须防止爱染,于是把切身感知的看作空而非实,这同一般人的认识相差太远,即使是信徒,似乎说服自己的常识也很困难。二、涅槃的境界在彼岸,严格讲,用此岸(现世)的话必致难于解释清楚,勉强说,如《心经》所谓"不生不灭,不垢不净,不增不减",至少常人听起来会莫名其妙,如何证明这个境界为实有呢?显然不能靠世间的"感知",不能感知而说为实有,能够使人心悦诚服吗?还有,照现代科学的常识所认识,生物不过是大自然演化过程中的一个小小泡沫,有生灭,人,同样受自然规律统辖,没有灵魂,没有永生,呼吸一停就是断灭,即使立宗传代的古德也不例外,这类事实与涅槃的理想也是不能并存的。

  以上是说涅槃的理想,作为目标,其真实性有问题。照理说,目标既然动摇,通路云云自然可以不在话下。不过这里无妨退一步,假定涅槃境界为实有,或者引用佛家"境由心造"的话,承认涅槃境界可以生于心而存于主观,那么,修持方面有没有困难呢?我想,困难可能更大,原因是,由文字般若变为身体力行,真枪实弹,胜,要费大力,败只是一念之差,就落花流水,不可收拾。落花流水的危险,主要来自三个方面。一、彻底改造"感知"有困难。佛门的信士弟子同样是人,"万法皆空"云云,可以信,可以说,但是,生,说,信,都是在"世间",而不能在"空"中。因此,出世,住山林精舍,因为要"生",就不得不托钵化缘,如果化缘之道不通,就不得不同常人一样，每日也是柴米油盐。每日面对柴米油盐，却要树立个"五蕴皆空"，唯有涅槃是真如妙境的认识，至少由常人看，这困难是不小的。二、彻底制欲有困难。佛家把"欲"看作苦的本原，这或者失之片面，但总是事出有因，这里无妨表示同意。欲生苦（严格讲，是欲而不得则生苦），怎么办呢？当然只有一条路，化有欲为无欲。就是在化有为无的办法上，佛家与常人背道而行：常人是求满足，或者说"适当"的满足，以求心安，或者用常人的标准说，以求乐；佛家是制而"灭"之，以求永除苦根。由理论方面看，灭欲以除苦根的办法或者更可取，因为这是一劳永逸，而不是一波未平，一波又起，不过问题是，理论是否有价值，主要须看它"实行"时候通不通，画饼是不能充饥的。人生而有欲，这说悲观一些是"定命"，有欲，于是"不得不"求满足，这"求"的顽强的愿望，表现为感情就是"爱"。佛家深明这一点，所以把"爱"（确切说是私欲之爱）看作大敌，三藏中的律藏，甚至可以说，主要是对付这个敌人的。出世，必须守无量的清规戒律，这说明制欲，破爱染，是如何不容易。事实也正是这样，修持，操信仰的兵仗与爱染作战，实际是以个人的愿力与生的定命作战，在这样艰苦的境遇中，只是守戒，不见可欲，使心不乱的办法，究竟能有多大效果呢？胜利的，如《高僧传》中所写，也许不少吗？但是，如我们在俗世所见，一败涂地的似乎更多。三、彻底跳出去有困难。古人说，"天无私覆，地无私载"，生而为人，中才也罢，上智下愚也罢，都是已陷于天地的网罗之内，这就是上面提到的定命，凭自己的愿力跳，可以，事实是，不管如何用力，悬空的时间有多长，最终还是不得不落在地上。佛门弟子，修不净等观以对付尘网，住茅棚，向往涅槃，愿力不可谓不大，但是，充其量，把定命的绳索能够砍断多少呢？举例说，视生老病死为大苦，可是既已有生，就不能不靠衣食以维持生，生之中难免有病，如维摩诘大居士所患，终于又不能不老死，可见还是挣不脱。——其实，就是看得开也大不易，如《涅槃经》所形容，释迦离世间，不也是万民悲痛吗？孟德斯鸠临死时候说，"帝（即天命）力之大，如吾力之为微"，想到人生、自然规律一类大问题的时候，即使是悟道大德恐怕也难免有同样的慨叹吧？

以上是说"行"的方面也是此路难通。佛道的出世，知与行都有困难，原因何在呢？我个人想，主要是由于所求太奢。佛家虽然称现世为娑婆世界，却不是悲观主义者。悲观主义者认为整个"存在"无价值，无意义，所以与其"有"，无宁"无"。佛家不然，认为人生虽苦，可是有办法可以根除，而根除之后，就可以移往净土，如《阿弥陀经》所形容，获得无上的满足。这样，用个比喻说，常人所求不过是家门之内的饱暖，佛家则是富有天下。因此，说到底里，佛家的制欲，是弃小欲而想遂大欲。"照见五蕴皆空"云云，不是真正看得开，因为下面紧接着还说"度一切苦厄"。从这个角度看，宋儒批评佛道，说口不离"生死事大"，只是怕死，也不能说是无的放矢。在这一点上，中国土生土长的道家似乎更高一着，如《庄子·大宗师》中所宣扬的那种纯任自然的态度，佛家并不是这样满不在乎的。

出世法，如佛家所传的，就其最终的目的说，是"取"，是"执着"，而不是万法皆空，可以满不在乎，只是所取、所执着的与常人大不相同。这与常人不同的"执着"，从人生哲学的角度看，有三点很值得注意。一、佛家轻视私爱之情，可是不舍"大悲"，修菩萨行，要普度众生，这即使应该算作空想吧，如果所想多多少少可以影响所行，我们就不得不承认，想总比不想为好。二、逆常人之道以灭苦的办法，如果真能够信受奉行，精进不息，禅悟而心安理得，这种可能还是有的；修持而确有所得，这条路一定不如常人吗？似乎也不容易这样说。三、定命的网罗，疏而不漏，跳出去，大难，不幸有疑而问其所以然，又常常会感到迷蒙而冷酷。对这样冷酷的现实，道家的办法近于玩世不恭，只是不闻不问地混下去。佛家则不然，他们认真，想人定胜天，沙上筑塔，其精神是"抗"。胜利自然很难，不过，正如叔本华所推崇的，逆自然盲目之命而行之，可以看作人对自然的一种挑战。这用佛家的话说是"大雄"，结果是螳臂当车也好，这种坚忍的愿力，就是我们常人，想到人生、自然这类大问题的时候，也不能淡漠置之吧？

王　道

上一个题目泛论管理,其中说到关系最大的管理是政治性的,即国事的管理。直到现在,以人为分子的组织,范围最大、力最大、形式最明确的单位是政治性的,通名是"国"。近年来有联合国,那是以国为单位的协商机构,没有大于国的权和力,所以谈组织,最重要的还是国。因而与人人的休戚最相关,是国事的管理。

管理,要有权。权的作用方面的表现是,对于组织之内的人,可以表示:要这样,不要那样。某种表示,有对不对的问题,行得通行不通的问题,后面还会谈到。这里只说,管理权之来,由"理"方面看是"应"有的,因为没有就不能管理;由"史"方面看是"必"有的,因为管理的活动是决定,是支配,随着时间的推移,会孕育命令和服从的习惯,或进一步,法定的约束,甚至信条的约束。

组织起来,有少数人(可以少到一个)命,多数人受命,由史方面看是源远流长,历来如此。由理方面看就会碰到好坏问题。或者由正面说,命和受命,有目的,与目的合是好,违是坏;能取得好的做法是对的，反之是错的。目的是什么？说法可以不同，总而言之，都是常人的常识需求：组织范围之内的人都活得如意，至少是可忍。怎么样就如意，就可忍？具体难说，无妨从比较方面领会，如饮食，有饭吃比没饭吃好，吃顺口的比吃不顺口的好；男女，合比离好；有了身家，安全比不安全好；想到未来，有盼头比没盼头好；等等都是。这显然，或者说读史、历事之后会发现，并不容易。不容易，表现于实际是措施与目的不能协调。这背离现象可以轻微，可以严重。轻微，可忍，严重，难忍，总起来就成为大大小小的政治性问题。古今中外讲治国，想解决的就是这类问题。

问题有总的，有零散的。如怎么样就能保证政治措施必合理，必有好的效果，是总的。如怎么样就能保证农田不怕水旱，商业供应通畅，中等教育普及，等等，是零散的。零散的是目，总的是纲。纲举目张，所以谈治国大计都是着重谈总的，而且常是一言以蔽之，古名为什么学说，今名为什么主义。

一种重要的学说，用儒家的名称，是"王道"。办法是君王行仁政，或说以仁义治天下；所求是养生丧死无憾。无憾就是活得如意。这主意是在实况制约之下想出来的。实况是政权在君王手里，形势是君王可以英雄造时势，所以设想，"如果"君王乐于行王道，小民就可以福从天上来，一切问题就迎刃而解。

这想法，如果把时代的色彩化淡一些，就可以称为"贤人政治"。因为掌政者是贤人，所以一、就会接受孟子的关于王道的深一层的理："民为贵，社稷次之，君为轻。"二、就会有"仁者爱人"的善心，愿意行仁政。三、就必是聪明睿智，知道怎样做就可以使人民养生丧死无憾。总之，贤人在上，小民就可以"虚其心，实其腹"，击壤唱"日出而作，日入而息"的乐生歌了。

问题来自贤人之前有个"如果"。如果非必然，也就是有非贤人的可能性，怎么办？孔孟的办法是规劝加利诱。"先之，劳之"，"无倦"，"王何必曰利，亦有仁义而已矣"，是规劝；"为政以德，譬如北辰，居其所而众星共（拱）之"，"当今之时，万乘之国，行仁政，民之悦之，犹解倒悬也，故事半古之人，功必倍之"，是利诱。这办法有两面性：由理想方面说是贵德主义，正大；由实行方面说是磕头主义，无力。无力即没有保障，苦口婆心由你，采纳不采纳由他。事实是采纳的时候很少，最后只好慨叹"道之不行，已知之矣"，然后是"归与"。这就是孔孟的磕头主义的下场，也表现了贤人政治的理想的脆弱。

与孔孟的理想主义者相比，九流的有些学派务实，不是士志于道，而是士志于利。如纵横家（其实只是策士之徒，不配称为家），苏秦、张仪之流，是靠巧言令色换相印，所求是君王得大利，自己分些小利，不再问仁不仁，义不义。兵家，孙武、吴起之流自然更是这样，为君主卖气力，所求是攻城略地。法家，韩非、李斯之流，本领加大而品德下降，因为渗入更深，手法更辣，而且有成大套的理论。战国时期，法家的驰骋地在西方的虎狼之秦，其结果（自然还有其他条件）就成为东方六国的覆灭，秦的统一。君王高升为皇帝，称为至尊或圣上，名义是贤人政治的胜利，因为拿到政权的都是圣贤；实际却是贤人政治的更没有保障，因为政权谁属，不是取决于贤不贤，而是取决于能不能"马上得之"，或是不是后妃所生，而且不再有孔孟那样的理想主义者想到应该规劝和利诱。

当然，常人的常识需求，活得如意或可忍，不会因君权的膨胀而有所改变。希望与实际的距离加大了，怎样弥补？一种办法是拾遗。朝中设有谏官，是专职；理论上或理想中，非专职的官，甚至小民，也可以进言。但这都是理想，实际如何呢？可以想到的有三种情况。一种是进言不进言由你，采纳不采纳由他。其结果，这味药的功效就成为，依逻辑是百分之五十，依常情也许就降到不足百分之十了，因为权与个人迷信总是相伴消长的,听到不同意见,三思之后才拒绝接受,旧史新史中都是罕见的。第二种情况就更糟,是大量的史实证明,进言,措辞的通行格调是,如此则不利于国,如彼则利于国。我们都知道,所谓国,与君总是难解难分的,无论话说得如何冠冕,骨子里则仍是法家那一套,一切为了君王的利益。于是就产生第三种情况,绝大多数人也不忘自己的利益,为了青云直上,避祸,就少说话,多磕头。总之,为小民着想,靠拾遗这张画饼,充饥的希望是微乎其微的。拾遗是温和的路,走不通,也可能挤上另一条路,或说第二种弥补的办法,铤而走险,通俗的说法是造反。这办法也有两面性。可意的一面是,不管成功与否,都可以解心头之恨。不如意的一面是,除了一时混乱,天塌砸众人之外,幸而成功,宝座上易主,不很久就会恢复原状,因为人生而有欲,总不免易地则皆然。那么,历史上总是造反时少,相安时多,是怎么回事呢?因为还有第三种弥补的办法,是命者与受命者都要活。命者要的是最高级的活,钟鸣鼎食,后宫三千,等等,都要从小民的血汗那里来,如果小民不能活,来源也就无着落,所以,为了维持最高级的活,就不能不给小民留点活路。受命者呢,也未尝不想高,但高不成,只好低就,安于只要还能活,就知足常乐,至少是忍为高。就这样,我们的历史,与王道或贤人政治的理想并行,就可以前四、十七、廿一、廿四、廿五,以至更多地写下去。

自然,时移,世不能不异,贤人政治也不能不变。变的情况是,由孟子口说的"民为贵,社稷次之,君为轻",逐渐却并不慢地变为实际的"君为贵,社稷次之,民为轻"。这原因是,王道的理想与君权无限的实际战,没有两三个回合,理想就几乎全军覆没。胜利一方的所得是,权的无限膨胀,位的无限提高。还可以由浅而深,加细说之。浅是插手到人和物,即常说的生杀予夺。这类活动,至晚由秦始皇开始,可谓五花八门。要什么有什么,想杀谁就杀谁且不说,活着可以焚书坑儒，死后还浪费民脂民膏，大造其兵马俑。其后两千多年，形形色色，无数的准秦始皇干了无尽的坏事，直到清朝末年那位糊涂阴险的那拉氏老太太，还可以一点头就杀了六君子，利用义和团，丧钱辱国，死后还安葬东陵，带走很多珍宝。中等的是插手到法。各朝代都有法，是约束小民的，君可以不守；更进一步，他的金口玉言就是法，并可以改变法。深的是插手到德，这就是旧时代视为天经地义的君为臣纲。臣，说全了是臣民，所以君为臣纲的含义是，君可以为所欲为，小民则"应该"俯首听命。"应该"不同于"只能"，以受君的迫害为例，无力抗，只能受，是身受而心未死；认为应该受，不想抗，是身受而心已死。语云，哀莫大于心死，如君辱臣死，君赐死而跪拜谢恩，浑蛋坏蛋而仍须奉为圣明，备受迫害而仍须歌颂，等等信条，都是哀莫大于心死。可是都自以为心明眼亮，因为尊君已经成为德，道德律是康德感到越想越敬畏的，谁抗得了呢？权无限的后果就是如此可怕。

这可怕的后果，也许非王道论者的始料所及，因为不能后知五百年。如果能够后生几个五百年，人人都会看到兼悟到，不在君权无限方面多考虑，而只想用磕头的办法解决问题，结果必是，命者为所欲为，受命者高呼万岁而已。

自欺而不欺人

不知道应该说是得天独厚还是得天独薄,用旁观者清的眼看,我比老而死的大众像是多活了几岁,于是不断有好事者或贪得者来问养生之道。我说我不会养生,并举一些行事以证并非谦逊或撒谎。可举之事很多,这里只说两件。一是饮食,在享受与懒散二者不可得兼的时候,我必是迁就后者而牺牲前者。比如间或有人惜老怜贫,送来贵重茶叶,我照例是不喝,不是因为反对陆羽的雅兴,是因为没有喝白水省事。又比如在单位过单身日子,估计晚饭不会有人招待,午饭就由食堂多买一些,晚上吃剩的一半,凉的,有人看见,说有违养生之道,我总是答:"死生有命,富贵在天。"再说一件,防病,单位有善政,定期送来体检表,我总是不参加。还有不参加的高论,是:身上没什么不舒服,即无病;去检查,推想必不免的,动脉硬化,脑供血不足,出于医生之口,就成为有病,所谓自寻苦恼,何必!说到这里,问者表示理解,但未满足,而是退一步,收回"养"字,问"生之道",因为我还活着,而且像是活得有滋有味的。对于这样的一问,我一贯是答曰:"自欺而不欺人。"显然,话太简略,不能不加点解释。

先说自欺,有哲理的和闲情的两方面的意义。先说哲理的。上面提到自寻苦恼,这哲理方面的诸多问题和一些想法就是自寻苦恼寻来的。这说来话长,只好化繁为简。还是未出学房时期,也可能由于天命,忽然身在土地之上,而心跳过《三皇五帝考》和"雨打梨花深闭门"之类,想到人生究竟是怎么回事以及怎么样生活才好的大问题。求解答,不能不读,不能不思,于是读而思,思而读,也可以说是下一种海,在水里扑腾了若干年。所得呢,是不能证明人生有什么意义。但还活着,并舍不得死,总当有个说法吧?这说法,效颦,引经据典,是《中庸》的开篇:"天命之谓性,率性之谓道。"古人高明,说天命之谓性是叙述事实,而不问这样的事实有什么意义;然后重点是讲生活之道,不过是率性,举例以明之,是性规定愿意活着,就争取能活,性规定烤鸭比糟糠好吃,就争取有烤鸭吃。当然,地上人不止一个,活,吃烤鸭,还要具备许多条件。这诸多问题,我想过,并斗胆,把一得之愚写成一本小书,名《顺生论》。顺生者,顺本性活下去,而不问这样活下去有什么意义是也。用事例说,我也涂抹些不三不四的,到报刊上变成铅字,觉得有意思;有时以某种机缘,与友人甚至佳人共席,目相对,杯相碰,然后一饮而下,也觉得有意思;等等。究竟有什么意思?得天独厚的人是"不识不知,顺帝之则",自然就想不到问;并未想到,这"有意思"就稳固如磐石,正是岂不羡煞人也。至于我,是装作没有这样的问题,而享受这摇摇欲坠的"有意思"。我也有"有意思",但它是建基于"自欺"之上的。此即所谓"难得糊涂",我自信我经常能够糊涂,即凭借自欺而活得有意思。这自欺是哲理性质的。

自欺还有闲情的。这是指清朝词人项莲生所说"不为无益之事,何以遣有涯之生"的为无益之事。无益有益,这"益"指常识所谓名利。用旧说,修桥补路,所得为名;不刺绣文而倚市门,所得为利。为无益之事则不然，如晨起散步时所见，湖畔林中，不少人提笼架鸟，就既不能得名，又不能得利，这是闲情，可是能自得其乐。我没有精力养鸟；也没有胆量养鸟，因为用鸟的被囚禁以换取己身的乐趣，我不忍。于是我为的无益之事就只能是，用佛家的话说，诸无情。这可以高，如古名人的书画，可以低，如最近由平谷县丫髻山拾来的猪肝色带青花的石块，等等都是。太多，只好举一斑以概全豹。这一斑还要限于有"文"为证的，记得提到过姚鼐的书札，曹贞秀的小楷，金星歙砚，"炉行者"闲章，葫芦，老玉米，打油诗。这些都是玩物，其下文不是"丧志"吗？我的想法不然。原因之一是我无志，也就不会丧。原因之二，我有时闭门面壁，也不免有杜老"今雨不来"的愁苦，这时候，譬如看到壁上有闺秀小楷，案头有金星歙砚，于是，哪怕只是一瞬间，觉得世间还有兴致甚至温暖，至少热闹，所得也就值得大书特书了。近年来，我用这种办法，常常能够使心境的无所归变为像是有所归，也是因为我注视或抚摸的时候，只容受"有意思"而不问是否真有意思。这也是自欺，闲情性质的。

以下说题目的后一半，不欺人。欺，现时风行的办法是造假，由假药假酒直到假证件假情况，无所不有。我不造这类假，是因为不想，也不会。那就说会的。会的也不少，如小的，会挤公共汽车，中的，会念子曰诗云，大的，会积字成篇。显然，这三种之中，只有积字成篇容易欺人。就说这一种，千头万绪，也化繁为简，总括为两点。一是不扯名人，尤其女名人的裤角，如写某某名人"索隐"，某某畅销书"续编"之类，以期速得并多得一些名利。二是执笔，不写己之所不信。何以不说"必写己之所信"？因为信要表现为思路的活动，而思路有如野马，是很容易跑到礼俗和教条所规定的范围之外的。世故告诉我们，这不合适，或不合算。所以，为了上面打高分的活得有意思，己之所信往外拿，就不得不挑挑拣拣。办法很简单，是估计会惹麻烦的不写；万不得已，也要旁敲侧击，张冠李戴。这样写出来的一些，其价值就微乎其微了吧？但有一点还聊可以自慰，是全部是老实话，并未欺人。

以上解释完，还应该说两句结尾的话。语云，盗亦有道，君问生之道，我不能说没有，但也只是这既不冠冕又不堂皇的自欺而不欺人而已。

刚直与明哲

承广州《随笔》赠阅未断，一九九二年第六期又准时寄到。我年增而精力减，可是对于不破费而送到眼前的，还是愿意翻开看看。收名人的文章不少，看了而引起沉思的是王西彦一篇，《焚心煮骨的日子》。据"编者按"，这是一本书名，共二十四章，写"文革"的回忆，这一期刊载的是书的第五第六两章和后记。第五章的题目是《三个死难者》（其实加上傅雷的夫人朱梅馥，是四个），指叶以群、李平心和傅雷。第六章的题目是《一个不识时务的老人》，指原名陈小航后来一贯用笔名的罗稷南。引起的沉思呢，很杂，想只说两种。由人生之道方面看，一种浅而明，是，用每"小"愈况法，比喻为一个人，荒唐，不会养生，以致惹来一场大病，险些死去，事过，就应该自己记住，并告诉子女，病时的情况，尤其病因的荒唐，以期此后不再病；此理甚明，也就用不着多费唇舌。我想说的是第二种，不浅而明的，是在只用暴力而不讲理的环境中，可否不走罗稷南的硬顶而不说假话的一条路，而走《诗经·大雅·烝民》说的一条路，"既明且哲，以保其身"，甚至当戏唱，说假的比真的更像真的？问题很复杂，因为牵涉到"朝闻道"的"道"，所以就一言难尽；甚至是非也很难说。

佛门视妄语为大戒。常识呢，诚也是美德；但容许少数例外，比如对病危的人说病况，实就反而不合适。常识来于常，也是对付常的，所以碰到非常就要另说。"文革"的情况是非常，单就闭门家中坐、祸从天上来的一群说，有不少人（或竟是绝大多数？），包括我在内，走的是明哲保身一条路。办法是：行动表示服从；少说话，非说不可就说假的。这就于理有亏、于德有损吗？说是，说不是，像是都不能斩钉截铁。难于论断，是因为心情很复杂。以下算作自省也好，想说说这个复杂。

复杂，要排个次序，姑且由亲及疏。也许由于"天命之谓性"？感到最亲的是生命，于是决定，或并未思索就选定，只要有办法，要争取能活下去。至于办法，上面说过，要演戏，即唱念做，观众所见，是萧恩或教师爷，下场，卸了装，回到蜗居才变成自己。这也许很苦吗？也不尽然，因为"保身"之前还有"明哲"。这明哲，化为处世之理，还可以分为远近。近的是从"政学系"那里学来的，是"对人说人话，对鬼说鬼话"。比如，对于监督我们（斯文）扫地、早晚请罪的红卫英雄，说"这样做并不好"是人话，说"我有罪，我有罪"是鬼话，我说鬼话，混过来，想到政学系的发明创造，还很得意。由政学系稍远就推到讲理是迂。还记得有个故事是讲这种情况的，那故事是：甲乙二人争论，甲说四七是二十八，乙说是二十七，相持不下，至于扭打，到县太爷那里打官司。县太爷判打甲三十大板，都逐出。甲不服，回来问责打的理由，县太爷说："他已经荒谬到说四七是二十七，你还同他争论，不该打吗？"甲叹服。据此理，说假话，不讲理，也就有了理。由此理还可以再远推一步，是由《庄子·秋水》篇那里学来的，争论，认真，是想"藏之庙堂之上"，"留骨而贵"，我认为应该

"宁其生而曳尾于涂中"。就这样，我，还有不少人，就居然活过来，及见改革开放，欣赏电视屏幕上的时装表演，享受农林牧副渔的良好收成，等等。

这样说，与刚直的罗稷南相比，说假话混过来的，反而成为胜利者吗？也不能这样说，原因仍是心情很复杂，难得丁是丁，卯是卯。记得几年以前，写篱下闲谈式的文章的时候，我曾两次谈到这种心情。一次是收入《负暄琐话》的《王门汲碎》，谈房东李太太的逸事，其中一件就是"文革"中多次受批受迫，终于不承认她父亲王铁珊是贪官。我记这件事，当然是对这种刚正不阿的言行怀有深深的敬意。又一次是收入《负暄续话》的《直言》，篇末曾说："还是想想直言与世故间的纠葛，就我自己说，其中是充满酸甜苦辣的……放弃直言而迁就世故，就要学，或说磨炼。这很难，也很难堪，尤其明知听者也不信的时候。但生而为人，义务总是难于推卸的，于是，有时回顾，总流水之账，就会发现，某日曾学皇清某大人，不说话或少说话，某日曾学凤丫头，说假的。言不为心声，或说重些口是心非，虽然出于不得已，也总是哑巴吃黄连，苦在心里。"说苦，显然是因为，本来也是愿意刚直，不得已才转向明哲的。这明哲，虽然可以从政学系直到《庄子》那里取得一些安慰，但清夜自思，其中总含有世故甚至圆滑的成分，与罗稷南、李太太一流人的直道而行对照，就不能不感到惭愧。

那么，还是放大为人生之道，论之，如果视刚直为义，我们就该如孟老夫子所说，"舍生而取义"吗？有些人（就说是为数不多吧）这样做了，其结果之一是，想见到他们、应见到他们的人就不能见到了。至少为想见、应见的人们着想，明哲也许是可取的吧？

说了半天，还是不能跳到两难的夹缝之外，只好另找门路。其实也很简单，不过是有个不说假话也能活的天地而已。

第三辑　旧迹发微

旧迹发微

搬家，雅语曰迁居，甚至乔迁，已经是四五个月前的事。乔者，由幽谷迁于乔木之谓也，这是说，依常情，必大有所得。我怕搬家，但也只好从众，有所失，装作不见，想，说，都凝聚于所得。也确是有所得，唯物而不唯心是，曾以之为话题，诌了两篇文章，不久就换来"从重"的稿酬，称为重，是因为用它换烤白薯，竟几次装满肚皮，仍有剩余。真理不怕重复，好事也不怕重复，于是我想，能不能从这迁身上再找点什么，凑个第三篇，以期能够多吃几次烤白薯？且说书生摘掉臭老九帽子之后，时来运转，除了"发"和意中人点头之外，真是想什么有什么。过于乐观吗？以己身为证，这次刚想到换烤白薯钱，开个冷书柜看看，一个长方形立体旧报纸包就飞入眼内。早忘记里面是什么，立即打开看，原来是十几本旧日记。往事，忘掉也罢，正想包上，发现其中有个十六开报纸的订本，拿出来看，封面几个大字是"交心续"。内容也许无可看，但换个角度，也许更值得看看。于是耐心看，字是复写纸印出来的，可见正本已经上交，这是留底。第一本为什么没留底？自然只有天知道。看内容，是整风时期写的，主旨当然是挖空心思，说自己如何糊涂，不争气。但也居然凑了一○五条之多，可证俗语所说"惟有读书高"不错，如"刘项原来不读书"，是无论如何也写不出来吧？——好抬杠的人会反驳，刘项未必不能写，是因为手里有兵（兼指武器），用不着写，并可以强迫无兵的人写。老了，以不好勇斗狠为是，还是说称心如意的。是几年以前，我写了一篇《降表之类》，惋惜俞平伯先生等的检讨文未能传世，其中敝帚自珍，还悔恨自己的《请罪辞》没有留底，这回是失之东隅，收之桑榆，拾得交心文，而且竟多到百条以上，就大可以回味一番了。回味，要说说有什么味道，虽说"口之于味，有同耆（嗜）也"，但说清楚，尤其说得无余义，却不容易。这就需要"发微"。以下试着发微，以由浅入深为序。

其一，由"一则以喜"说起，是有此一○五条，就足可以证明，我的编造能力，比有些受赏识的所谓作家，真是差不了多少；勉强找差距，不过是，我之所写，重点是自讼，他或她之所写，重点是他颂而已。这喜还可以加深说，是自讼的技能，乃由代圣贤立言的制义而来，想当年，我念过《钦定四书文》和《制义丛话》之类，非独好之也，是当作文化史的一种现象，想见识见识，语云，开卷有益，没想到就学来诒文的闪转腾挪、缩小夸大甚至将无作有、以假充真之法，如这像是煞有介事的一○五条，即此诸多法临盆所产生，我为通法之人，岂可不飘飘然哉。

其二，交心，这说法像是过去没有，乃整风时期所创造。出自何人之心？真天地间第一天才或战略家也，盖旧有"授首"之说，首真授了，这个人就不再可用，除非代化肥，至于授心或交心，则不只人可用，而是必有大用。但其中也隐藏着问题，来自心有歧义，这里指英语的 mind，不是 heart，而 mind 是眼不能见、手不能触的，如何交、如何收？不得已，只好求仓颉、许慎之流帮忙。语言文字出场了，带来新的问题，是单就形和音说，为了反映客观情况，也造了"真"和"伪"两个。当然希望是真的，但是，如何证明是真的？不知道这位天地间第一天才是怎么处理的，也只能洛诵之后，姑且信以为真吧？如果竟是这样，他或她就太天真了。这样说，授首也有优越性，是货真价实。交心就不成，如果所交是假的，那真的就离得更远了。最后剩下的问题仍是如何分辨真伪，推想那位天才也未必有办法，那就不管也罢。

其三，谈论结果，此路不通，只好退回来，单看动机，即这样做是想怎么样。当然是想用修整之法，除去（用大话说）不合某种教义的，（用小话说）不合己意的，保留兼培养那些合教义、合己意的。而如果这种愿望能实现，则所得为"心"的大一统；在这种大一统之内，除了高坐宝座的一个人以外，人人成为使徒，或用今语说，驯服工具。这不好吗？难说，因为问好不好，解答之前，先要知道教义或己意是好还是不好。"先要知道"，既是逻辑的要求，又是宋儒所谓天理的要求，皆"心"也，显然是应该尽先"交"的，于是好不好的问题也就化为空无。但这是就当时说，至于白驹过几次隙之后，即如现在又看见那个报纸订本的时候，情况就有了变化。变化来于，彼时是身在其中，此时是身在其外。身在外，容许远看，就见到一时一地以外的，也就难免想比较一下。忽然飞来一句，见于《旧约·传道书》，我诌文时不止一次引用的，是"日光之下并无新事"，交心也可以这样说吗？想了想，答话是：就"类"说是这样，就"个体"说不是这样。所谓就类说，是由盘古氏（假定有）起，到爱新觉罗·溥仪止，都要求率土之滨奉正朔，心仪《公羊传》的"大一统也"。但那要求是偏于"身"的，或说消极的，即只要你不想也坐宝座，就无妨如严子陵，去钓鱼，或如柳三变，去写"忍把浮名，换了浅斟低唱"。交心就不同了，要写：

在这伟大的时代，我有时还想隐居，到富春江边去钓鱼，或带个情人，喝二锅头，唱小调，可见我旧的思想意识是如何浓厚，应该加紧学习，早日脱胎换骨云云。显然，这所交之心，前半可能真，后半就可能是交代或检讨八股。八股而仍须写，就是因为形势要求的是"心"的大一统。这与旧时代相比，是"踵其事而增华，变其本而加厉"。

其四，还要说说交心之人，比如也乐得心能大一统，这容易吗？我的经验是不容易。这要怨上帝，如果人真是他造的，我们就会感到奇怪，为什么不千篇一律，而偏偏成为人心之不同，各如其面；不同，也罢，又偏偏不多给一些"变"心的能力，或者说心之上再来个心，具有使处理日常事务的那个心想什么、信什么的能力。话说得有点缠夹，改为用实例说。如有的人怕鬼，读了些科学常识书，也想改怕为不怕，可是暗夜经过坟地，还是毛骨悚然。又如哥白尼研究天象，变旧说日绕地为地绕日，受迫害，为平安，不如变所信，可是他做不到，因为理性作了主，他纵使想改变信念，也找不到能够左右理性的力量。唯一的躲闪之道是说假的，心里信煤是黑的，嘴里说煤是白的。现在复看交心材料，真坦而白之，就都是煤是白的一路。当作闹剧看，也好玩吗？其实不然，因为除了浪费精力、时间、纸张等之外，还会带来苦。小苦是不愿说假话而不得不说假话。还有大苦，是钻入这个存储假话的报纸小本本，就感到不再有自己。"吾丧我"是道家的理想境界，可惜我是常人，修养差，经过多次学习、运动，还愿意保留个"自己"。

其五，说到常人，干脆就为常人再说两句。推想常人是都愿意保留个自己的，语云，前事不忘，后事之师，那就让他们把心放在肚皮里，不交出来吧。但这样还不够，因为要有个前提来保证，这前提是：张三希望李四交心，李四不交，张三无可奈何；李四希望张三交心，张三不交，李四也无可奈何。

可以结束了，神经过敏，忽然想到，以上这些发微的话，惯于"吉甫作颂"的人如果看到，一定很不高兴吧？因为，至少在我未交的心中，过去有些新猷是并不值得歌颂的。皆往矣，争论这些干什么！不如放下笔，到长街看看，烤白薯是否又涨了价。

残书的首册

　　文是有范围有条理的思路的爬上纸面。思路更常常是既无范围又无条理,尤其是卧床休息,不能入睡,面对天花板之时,所谓浮想联翩,连自己也莫名其妙是也。我有时想,这样的思路是不是也可以爬上纸面,化为文?一时大胆,想学胡博士的写白话诗,尝试一下。

　　当然要抓思路的头,是"分合"。何以会想到这个,不知道。也应该这样,不然就成为有范围有条理,要另案处理了。由分合立刻就想到《三国演义》,开卷第一回有云:"话说天下大势,分久必合,合久必分。"大势即所谓国事,守"莫谈国事"之训,以躲开,只谈小事的分合为是。分合,适用于各种事物,想是也来于"天命之谓性"吧,我们总是无理由无条件地觉得合比分好。所谓哲学家就不然,偏偏在一般人想不到问理由的地方追问理由。记得西方某哲学家就问过,答案是分能使人有死亡的预感。也许太严重了吧?哲学家都是疯子或半疯,应该少理他们。那就还是接受常识,无条件地承认合比分好。再学一次胡博士,知难,行亦不易,既知矣,就应该努力行,即求变分为合。

躲开大事，变分为合，最动人的，或说最使人艳羡的，是破镜重圆的故事。故事见唐孟棨《本事诗》，连作者也重视，列在第一则。使人艳羡，因为主角是女的，出身公主，而且"才色冠绝"。南朝末年战乱，与丈夫徐德言失散，入隋朝大官僚杨素家，受宠爱。借各持半镜之助，又通了消息。杨素表现不坏，奉还了，还送了厚礼。送别宴上这位陈氏佳人作诗，有"笑啼俱不敢"之句，但终归还是伴随旧人回江南，不啼而笑去了。请看，试想，合之为德真是大矣哉。

这颜如玉是书中的，古训有云，"君子思不出其位"，还是本分些，少想佳人，多在书上兜兜圈子为是。书之由分而合，还存于我记忆中的，以那么一件巧遇的事为最有意思。忘记是什么笔记上看到的，清朝某高官喜藏书，买到宋版什么书，缺第一册，美中不足，视为大憾事。一次带着随从外出，路过某村镇，在一个小饭铺里吃午饭。饭铺兼卖面粉，有人买面粉，他看见包装纸像旧书的一页。要过来看，正是他缺的那本书的第一页。赶紧问那本书，拿来，完完整整，所缺就是刚撕掉的那一页。这由分而合的故事，如果竟至不假，那就简直可以写入《聊斋志异》了，因为只有写入这类书，才可以说有上天呵护或观世音菩萨保佑。

天道远，人道迩，眼见为实，这样的巧遇，纵使非绝对不可能，也必是微乎其微。有己身的经历为证。是几十年前了，我买到过两种大部头书的首册；买，主要不是因为有用，而是因为看着失散心疼，希望万一也能巧遇，还可以取得分久必合的安慰。一种是日本印《大正新修大藏经》的第一部分，阿含部，线装两函。所谓合，不是求在我的蜗庐里合，因为我既无地方，又无多大需要。正面说，是某人或某图书馆有此书而缺此部分，我愿意奉送。我不想登广告，于是等。若干年过去，"文化大革命"来了，书会带来各种麻烦，只好扔掉了事。

另一种是曹寅原刻《全唐诗》的第一册，粉纸，青色绢皮，黄色绢签，丝线订，签上部印"全唐诗"，下部印"第一函第一册"（案为十二函，一百二十册）。内收康熙四十六年御制序文、凡例、进书表及目录十二卷。这一册，我也不想在我的蜗庐里变分为合，因为以我的条件，还不宜于买大部头书，存大部头书。这是说，我也准备奉送。但语云，宝剑赠与烈士，红粉赠与佳人，接受者须是有此书并恰好缺这一册的。还要加说一句，这册书虽也经过"文化大革命"，却因为体积小，兼之曹寅借曹雪芹之光，香而不臭，竟存活下来。到此，可以斩断思路，歇歇了。如何结尾呢？似乎可以学市声，以笔代吆喝，说：寒斋还存残书一册，有缘者快来，以期变分为合，皆大欢喜。

错错错

接到一封不相识的人的信，打开看，原来是一份考卷，考题是：你一生最如意的事（得）是什么，最不如意的事（失）是什么，并要求成篇，以便辑印成书云云。大概也知道这样的考题难答吧，还附有两篇样稿。我仔细读完样稿，想了想，竟还是不能答。原因有分量轻的，是算往日之账，只计常言所谓触动灵魂的，也是一、数目不少；二、难得个公平秤，可以分辨哪一件是一斤，哪一件是八两。原因还有分量重的，我前几年写《负暄续话》，其中《记忆》一篇曾谈到这一点，为节省精力，抄现成的：

> 自然，我的记忆的口袋里还没有成为空无。有些什么呢？琐屑的，或关系不大的，包括能背诵的子曰、诗云等等，都可以不说。值得衡量一下的是与价值观念有关的，即诸多行事之中，哪些是好的，哪些是坏的；哪些是对的，哪些是错的。好的，对的，也总当有一些吧？可是很奇怪，常常浮上心头的差不多都是坏的

和错的。这些还可以分为两个等级。低级的来于自己的迂和不通世故，引起的心情是"悔"。还有高级的，来于自己的天机浅和修养差，引起的心情是"悔"加"愧"。

显然，凭借这样的认识，面对考卷，只能曳白出场，因为只说不如意，而且不只一端，就成为文不对题。无力答，只好以沉默代答，这件事了结。可是心里留个尾巴，或说疑问，是：人生旅程也许不短，其间安插许多坏和错，然后一总以悔和愧对之，就这样结束，去寻西方净土吗？想想，像是不应该这样。不这样，简单就变为复杂。这里想化繁为简，只说说与错有关的一点点。

最先想到的是有大名的"错错错"。高明的读者想当都知道，这出于南宋诗人陆放翁的一首名为《钗头凤》的词，前半阕是这样：

> 红酥手，黄縢酒，满城春色宫墙柳。东风恶，欢情薄，一怀愁绪，几年离索。错、错、错。

旧传是为受母亲之迫不得不离绝的妻室唐氏写的。恍惚记得夏承焘先生不承认。古语云，"君子成人之美"，如果破坏了这罗曼蒂克的传说，那就读词的，直到能演《钗头凤》剧的荀慧生诸弟子，看客，都会大扫其兴，所以还是姑且信以为真的好。幸而这样信也大有来由，因为为这位难割难舍的唐氏，陆放翁曾不止一次写诗，其中如"此身行作稽山土，犹吊遗踪一泫然"，直到今日还可以引来同情之泪。同情，是因为这样的错错错来于客观的"事"，不是来于主观的"己"。客观，自己无可奈何，那就用不着悔，用不着愧，只来几次"泫然"就可以了。

有更多的错是来于主观的己，这对应之道，该是以悔、愧为主，以泫然为附了吧？但也未必如此。因为人，生而有欲，欲生希望，希望生幻想，总不免于多多少少有些个人迷信的。程度之差的一半来于名位以及财、貌、艺、学、才、品等之差，另一半来于"天命之谓性"。但即如阿Q，也终于不会领悟自己配不上吴妈吧？所以错错错之后，能够悔和愧也并不容易。举高位的为例。唐明皇就是这样，宠信杨门男女和安禄山之流，险些亡了国，逃往四川，闻铃落泪，却并不公开检讨，说自己错了。终于危而不安的，如项羽，虽然也觉得无面目见江东父老，却还是说："此天之亡我，非战之罪也。"唯一的例外也许是"挥泪对宫娥"的李后主，移住汴京以后，连小周后也保不住，悲愤之极，对旧臣已成新臣的徐铉说："当时悔杀了潘佑、李平。"

以上说错错错，有的来于客观的事，有的来于主观的己，都是陪衬。重点还是想观身，说说错错错的情况以及悔、愧之外的也许更为可取的对应态度。由错的情况说起。我不止一次想过这个问题，总括性的认识大致是这样：如果自己的生涯可以表现为思（或偏于思）和情（或偏于情）两个方面，是思方面的错远远少于情方面的错。来由是，由心理状态方面看，思为主则疑多于信，情为主则信多于疑。疑是不信，如我一向不信有所谓君王明圣，不信《易经》和《推背图》之类，除自欺欺人之外还有什么奥秘，能超科学，并预言吉凶祸福，就直到现在也没有觉得是自己错了。信是不疑，这来于希望加幻想，于是有时，甚至常常，就会平地出现空中楼阁。自然，空中楼阁是不能住的，于是原以为浓的淡了，原以为近的远了，原以为至死不渝的竟成为昙花一现，总之，就成为错错错。如何对待？悔加愧，然后是殷鉴不远，就一了百了吗？我不这样想。原因是深远的。深远还有程度之差。一种程度浅些，是天机浅难于变为天机深，只好安于"率性之谓道"。另一种程度深的是，正如杂乱也是一种秩序，错，尤其偏于情的，同样是人生旅程的一个段落，或说一种水流花落的境，那就同样应该珍视，何况人生只此一次。这样，这种性质的错错错就有了新的意义，也值得怀念的意义。如此这般，化臭腐为神奇，不知道陆放翁会不会同意，可惜不能起他于九泉而问之了。

再思福倒了

先解题:"再"用古义,再思是思两次,即想到两个方面;福倒了是方形红纸,上写(或印)黑色福字,偏偏头朝下、脚朝上贴着。此风不知由何时何地起。记得我幼年在农村,年节只有一个,腊月近尾,室内室外,许多处所,都要贴上红纸黑字的什么。多数人家不识字,求识字的人写,自己贴,于是有时就出现福字倒贴,把"槽头兴旺"贴在住屋、"抬头见喜"贴在牛棚的笑话。可见彼时,至少我们家乡一带,倒贴之风还没有流行。是七十年代,在京郊丰台的表弟家,我一次看见住屋门上倒贴着一个福字,感到新奇。可是立即恍然大悟,这是用谐音,倒者,"到"也。可以想见,这新发明,必有大利,比如张三、李四是近邻,张三家倒贴,想到"到了"而非常得意;李四家未革新,偶然发现,认真对比,忽然如禅师之顿悟,知道贴了福字而福"不到",岂不等于晴天之闻霹雳?所以,夸大些说,是一时一地有此发明,只一瞬间就风靡天下,所有福字都脚朝天了。天下用旧义,等于说海内。这海内,既包括只念过三字经的表弟,也包括一些念过相对论的什么人，因为我住在北京大学，一次散步，居然也看到倒贴的福字，在门外，而且并排四个。四个，取意大概是不只到而且多吧？这就使我旧病复发，有些不能从众的意见，想说说。

本文开头已经说过，想说的有两个方面。先说前一个，是这样醉心于福好不好。表面看，问题很简单，或干脆不成问题，因为福与祸之间，包括圣贤在内，没有人舍前者而取后者。但福是有具体内容的，还要体现为享用，这就必然会碰到适当不适当以及应该不应该的问题。断定适当与否以及应该与否，要以对人生价值的看法为标准。说到看法，又是人心之不同，各如其面。可以是哲理的，举《庄子·天论》篇的一段话为例：

> 尧观乎华（地名），华封人（守封疆之人）曰："嘻！圣人。请祝圣人。使圣人寿。"尧曰："辞。""使圣人富。"尧曰："辞。""使圣人多男子。"尧曰："辞。"封人曰："寿、富、多男子，人之所欲也，女（汝）独不欲，何邪（耶）？"尧曰："多男子则多惧，富则多事，寿则多辱，是三者非所以养德也，故辞。"

这是为养德（道家设想的最贵重的人生价值）而不要世俗的福。非世俗，世俗人做不到，但其中的理却未必没有参考价值。这理是，所谓福，自己心目中的（即非哲理的），究竟指什么，以及值得求不值得求，都需要想一想。估计绝大多数人是不想。不想而有，并且热心求（因为不惜用倒贴之法），推想多半是顺应时风，接受了街头巷尾视为热门的，这是"发"、多享受、摆阔气之类。如果这个推想不错，至少我认为，这样的福，不到也未必没有好处。好处，用《庄子》的话说是可以养德，用我们现在的话说是，限于家门之内，就有较多的机会取得更有价值的，兼及家门之外，就可以使社会的问题少一些，顺流而下慢一些。也许说得过于严重了吗？那就退一步，只说，人生化为单一，只是求福，而不问所求是什么，值得不值得，总不是值得庆幸的吧？再说后一个方面，以为"倒"会转化为"到"，是知识倒退了几千年，仍在相信巫术，想想，不能不感到可怜，而且可怕。可怜，是因为过于无知；可怕，是因为，如果与域外有知的竞走，必落后，竞争，必失败。这里的关键在于知，或说真知假知。这就需要了解事物的因果关系。科学信的是真的可实证的因果关系。巫术之类不然，信的是玄想的因果关系。这种玄想的因果关系，我们祖先（甚至弟兄）的头脑中，真是太多了。烧龟甲，看裂纹，能够知道狩猎利不利；拿几个草棍往下一扔，就知道利见大人；以至想出门，先看看历书，以定宜出行不宜出行；到灵隐寺，多奉献几张钞票，就以为恋爱可以如愿；等等。倒会转化为到也是这样，虽然贴者未必想到，其实是相信两者间有玄想的因果关系。同理，破费三十万元买个 518 号码，也是相信 518 与"我要发"之间有玄想的因果关系。玄想，不能兑现，事小；想想，由"五四"前后欢迎赛先生入境算起，七十年过去了，仍有这样多的人相信巫术，就成为大事了。大事要大办，又是老生常谈，我觉得，比盖高楼、开公司更重要的是多想办法，使人民学点科学知识，以期使倒贴福字一类的现象逐渐减少以至消亡。

红楼点滴一

民国年间,北京大学有三个院:一院是文学院,即有名的红楼,在紫禁城神武门(北门)以东汉花园(沙滩的东部)。二院是理学院,在景山之东马神庙(后改名景山东街)路北,这是北京大学的老居址,京师大学堂所在地。三院是法学院(后期移一院),在一院之南北河沿路西。红楼是名副其实的红色,四层的砖木结构,坐北向南一个横长条。民国初年建造时候,是想用作宿舍的,建成之后用作文科教室。文科,而且是教室,于是许多与文有关的知名人士就不能不到这里来进进出出。其中最为大家所称道的当然是蔡元培校长,其余如刘师培、陈独秀、辜鸿铭、胡适等,就几乎数不清了。人多,活动多,值得说说的自然就随着多起来。为了把乱丝理出个头绪,要分类。其中的一类是课堂的随随便便。

一般人谈起北京大学就想到蔡元培校长,谈起蔡元培校长就想到他开创的风气——兼容并包和学术自由。这风气表现在各个方面,或者说无孔不入,这孔自然不能不包括课堂。课堂,由宗周的国子学到清末的三味书屋，规矩都是严格的。北京大学的课堂却不然，虽然规定并不这样说，事实上总是可以随随便便。这说得鲜明一些是：不应该来上课的却可以每课必到，应该来上课的却可以经常不到。

先说不应该上课而上课的情况。这出于几方面的因缘和合。北京大学不乏名教授，所讲虽然未必都是发前人之所未发，却是名声在外。这是一方面。有些年轻人在沙滩一带流浪，没有上学而同样愿意求学，还有些人，上了学而学校是不入流的，也愿意买硬席票而坐软席车，于是都踊跃地来旁听。这也是一个方面。还有一个方面是北京大学课堂的惯例：来者不拒，去者不追。且说我刚入学的时候，首先感到奇怪的是同学间的隔膜。同坐一堂，摩肩碰肘，却很少交谈，甚至相视而笑的情况也很少。这由心理方面说恐怕是，都自以为有一套，因而目中无人。但这就给旁听者创造了大方便，因为都漠不相关，所以非本班的人进来入座，就不会有人看，更不会有人盘查。常有这样的情况，一个学期，上课常常在一起，比如说十几个人，其中哪些是选课的，哪些是旁听的，不知道；哪些是本校的，哪些不是，也不知道。这模模糊糊，有时必须水落石出，就会近于笑谈。比如刘半农先生开《古声律学》的课，每次上课有十几个人，到期考才知道选课的只有我一个人。还有一次，听说是法文课，上课的每次有五六个人，到期考却没有一个人参加。教师当然很恼火，问管注册的，原来是只一个人选，后来退了，管注册的人忘记注销，所以便宜了旁听的。

再说应该上课而不上课的情况。据我所知，上课时间不上课，去逛大街或看电影的，像是很少。不上有种种原因或种种想法。比如有的课不值得听，如"党义"；有的课，上课所讲与讲义所写无大差别，可以不重复；有的课，内容不深，自己所知已经不少；等等。这类不上课的人，上课时间多半在图书馆，目的是过屠门而大嚼。因为这样，所以常常不上课的人，也许是成绩比较好的；在教授一面，也就会有反常的反应，对于常上课的是亲近，对于不常上课的是敬畏。不常上课，有旷课的处罚问题，学校规定，旷课一半以上不能参加期考，不考不能得学分，学分不够不能毕业。怎么办？办法是求管点名（进课堂看座位号，空位画一次缺课）的盛先生擦去几次。学生不上课，钻图书馆，这情况是大家都知道的，所以盛先生总是慨然应允。

这种课堂的随随便便，在校外曾引来不很客气的评论，比如，北京大学是把后门的门槛锯下来，加在前门的门槛上，就是一种。这评论的意思是，进门很难；但只要能进去，混混就可以毕业，因为后门没有门槛阻挡了。其实，至少就我亲身所体验，是进门以后，并没有很多混混过去的自由，因为有无形又不成文的大法管辖着，这就是学术空气。说是空气，无声无臭，却很厉害。比如说，许多学问有大成就的人都是蓝布长衫，学生，即使很有钱，也不敢西服革履，因为一对照，更惭愧。其他学问大事就更不用说了。

时间不很长，我离开这个随随便便的环境。又不久，国土被侵占，学校迁往西南，同清华、南开合伙过日子去了。一晃过了十年光景，学校返回旧居，一切支离破碎。我有时想到红楼的昔日，旧的风气还会有一些吗？记得是一九四八年或一九四九年，老友曹君来串门，说梁思成在北大讲中国建筑史，每次放映幻灯片，很有意思，他听了几次，下次是最后一次，讲杂建筑，应该去听听。到时候，我们去了。讲的是花园、桥、塔等等，记得幻灯片里有苏州木渎镇的某花园，小巧曲折，很美。两小时，讲完了，梁先生说："课讲完了，为了应酬公事，还得考一考吧？诸位说说怎么考好？"听课的有近二十人，没有一个人答话。梁先生又说："反正是应酬公事，怎么样都可以，说说吧。"还是没有人答话。梁先生像是恍然大悟，于是说："那就先看看有几位是选课的吧。请选课的举手。"没有一个人举手。梁先生笑了，说："原来诸位都是旁听的,谢谢诸位捧场。"说着,向讲台下作一个大揖。听讲的人报之以微笑,而散。我走出来,想到北京大学未改旧家风,心里觉得安慰。

红楼点滴四

点滴一、二、三说的都是红楼之内。这回要说之外,即红楼后面的一片空旷地,当时用作操场,后来称为民主广场的。场地很大,却几乎毫无设置,记得除了冬季在北部,上搭席棚、下开冰场之外,长年都是空空的。学校有篮球场和网球场,在北河沿第三院,打球要到那里去。红楼后面的广场,唯一的用处是上军事训练课。

同"党义"一样,军事训练是必修课,由入学起,上一年还是两年,记不清了,总之是不修或修而不及格就不能毕业。说来奇怪,这也是名实相反的好例证,凡是必修的,在学生心目中都是"不必"修的。必修之下有普修,如大一国文、大一外语等,都是一年级时候学一年。对于普修课,学生的看法大致是,学学也好,不学也没什么了不得,因为都是入门的,或说下里巴人的。再下是大量的形形色色的选修课,是爬往"专"的路上的阶梯,因而最为学生所看重,其实也最为教师和学校甚至社会所看重。

同是必修课,不受重视的原因不尽同。例如党义,除了学生视为浅易之外，主要原因是宣扬"书同文，车同轨"，与北京大学的容许甚至鼓励乱说乱道的精神格格不入。且说这位教党义的先生，记得姓王，看似无能，却十分聪明。他对付学生的办法完全是黄老之术，所谓无为而治。上课，据说经常只有一个人，是同乡关系（？），不好不捧场。到考试，学生蜂拥而至，坐满课堂，评分是凡有答卷的都及格。军事训练不受学生重视，原因之一是学生来此的本意是学文，不是学武；之二是，在北京大学，外貌自由散漫已经成为风气，而军事训练却要求严格奋发。

教军事训练课必须解决这个矛盾。却不能用黄老之术，因为一个人上操场，不能列队；又这是在红楼之外，十目所视，十手所指。担任这门课的是白雄远，在学校的职位是课业处军事训练组主任，也许军阶是校级吧，我们称为教官。他很有办法，竟把上面说的这种矛盾解决得水乳交融。他身材相当魁梧，腰杆挺直，两眼明朗有神，穿上军服，腰系皮带，足蹬皮靴，用文言滥调，真可说是精神奕奕了。他对付学生的办法是以心理学为基础的社交术。他记性好，二三百受训的学生，他几乎都认识。对待学生，他是两仪合为太极。一仪是在课外，遇见学生称某先生，表示非常尊重，如果点头之外还继以谈话，就说学生学的是真学问，前途无量，他学的这一行简直不足道。另一仪是在课内，那就真是像煞有介事，立正，看齐，报数，像是一丝不苟。这两仪合为太极，可以用他自己的话来描述。有一次，也许有少数学生表现得不够理想吧，他像是深有感慨地说："诸位是研究学问的，军训当然没意思。可是国家设这门课，让我来教。我不能不教，诸位不能不上。我们心里都明白，用不着较真儿。譬如说，旁边有人看着，我喊立正，诸位打起精神，站正了，排齐了，我喊报数，诸位大声报，一，二，三，四，人家看着很好，我也光彩，不就得了吗。如果没有人看着，诸位只要能来，怎么样都可以，反正能应酬过去就成了。"

他这个两仪合为太极的办法很有成效，据我记得，我们那一班（班排之班），大概十个人吧，上课总是都到。其中有后来成为名人的何其芳，我的印象，是全班中最为吊儿郎当的，身子站不稳，枪拿不正。可是白教官身先士卒，向来没申斥过哪一个人。课程平平静静地进行，中间还打过一次靶，到北郊，实弹射击。机关枪五发，步枪五发，自然打中的不多，可是都算及了格。

　　不知道从哪里刮来一阵风，说必须整顿，加强。于是来个新教官，据说是上校级，南京派来的。上课，态度大变，是要严格要求，绝对服从。开门第一炮，果然像对待士卒的样子，指使，摆布，申斥。这是变太极为敲扑，结果自然是群情愤激。开始是敢怒而不敢言。不久就布阵反击，武器有钢铁和橡胶两种。钢铁是正颜厉色地论辩，那位先生不学无术，虚张声势，这样一戳就泄了气。橡胶是无声抵抗，譬如喊立正，就是立不正；但又立着，你不能奈我何。据说，这位先生气得没办法，曾找学校支援，学校对学生一贯是行所无事，当然不管。于是，大概只有两三个月吧，这位先生黔驴技穷，辞职回南了。他失败，从世故方面说是违背了"入其国，先问其俗"的古训，从大道理方面说是违背了红楼精神。

　　白雄远教官，人也许没有什么可传的；如果说还有可传，那就是他能够顺从红楼精神。因为有这个优点，所以那位先生回南之后，他官复原职，受到同学们的热烈欢迎。我的记忆，同学对他一直很好，觉得他可亲近。也许就是因此，有一次，学校举行某范围的智力测验，其中一题是"拥重兵而非军阀者是什么人"，有个同学就借他的大名之助，不但得了高分，还获得全校传为美谈的荣誉。

能想想也好

季羡林先生住过牛棚,有资格写《牛棚杂忆》,早就写成,不久前才问世。第一次印了八万册,听说很快就脱销,有些人是一口气就读完。吾从众,虽然不能一口气,总是很快就读完了。我佩服季先生的记忆力,尤其佩服他的拿"一面镜子"当作"最佳礼品","留给后代"。读后的感受,不少人写了,我不便再拿笔,学南郭处士之滥竽。是几天以前,看某报上一篇谈这本书的文章,说有的人还登季先生之门,痛哭流涕,表示悔恨。记得季先生说过,这样的人受蒙蔽,也是受害者,那么同害相怜,这笔账就算清了。能不能万法皆空呢?像是还不能,因为一、季先生和悔恨者都是受害者,语云,一个巴掌拍不响,就还要有加害者。二、在这本书的二一九页,季先生还保留个疑问,他说:"'无产阶级文化大革命'为什么能发生?兹事体大,我没有能力回答。"问为什么是求因,受害是果,触及加害是想到因,关于"因",我们能不能说点什么呢?至少是想点什么呢?

想,心理活动不出心里,容易;说,就不能如此容易。有万千世故可以为证，只举个最近在电视荧屏上看到的。剧名也许是《马寅初》吧，总之我看到的部分是演马先生的晚年，先是在北京大学校长任上，写《新人口论》，主张节制生育，控制人口的过速增加。这是个上好的主意。马后课，如果听他的，我国的人口可以减少几亿。可是不只没有听，反而给加一顶资产阶级的帽子，受命批判的文章如雪片飞来。马先生不愧为北大的旧人，抱着自己的良知不退缩，不作检讨八股。结果可以想见，是群起而攻之以后，被撤职，逐出北大。这个结果是小焉者；大焉者是只信权不讲理的事例又增一件，多生的几亿人口压在脊背上，永远也不会卸下去，成为轻装前进。全剧的精神是表扬马先生，爱国家爱民族，有学识有见识，而且品格高尚，受高压而不说假话，宁折不弯。事后看，毫无疑问，马先生是对的。谁错了呢？编剧的人知道，演剧的人知道，看剧的人知道，可是都不说。守口如瓶，总当有原因吧？说，不合时宜，问不说的原因就会更不合时宜，还是世故为上，我也就装作没有这么回事，改说别的。

　　改也不当离题，这题是在治平的大事业上，为什么会出现大错事。事，难免触及人，根据上面提及的世故哲学，不好说，想改为说"理"。理，从宋儒，遍在，那就学乐天居士，写长恨之情，起于"汉皇重色思倾国"吧。还可以比乐天居士更开放，不限于汉皇，索性撒大网，把秦皇、汉武、明祖、清宗等都包罗进去。这些人，身心不同，可是有个共同点，说了算。因为说了算，所以说修阿房宫，就动工，说除胡惟庸或蓝玉之党，就把株连的人杀尽。何以有这样大的力量？或说力量的来源是什么？曰"制度"。制度是一个群体之内，所有的人，各有各的固定的行动模式的总和，少数成文，多数不成文。比如太后老佛爷，她是肩不能担担，手不能提篮的，可是她能够使谭嗣同绑赴菜市口，身首异处。她说了，刑部官员，直到持刀的刽子手，都要遵命，这就是制度，坐在宝座上的人说了算的专制制度。说，来于一个人的

梦的杂想　｜　159

所想，主观，永远对，客观不是，却必须算数，其结果就可能甚至必致铸成大错。

在同一个制度之下，错大小轻重，与说了算之人的为人也不无关系吧？我想是这样，纵使其差别只是量的，不能上升为质变。这样，假定谥法是公道可靠的，则梁惠王与齐威王相比，都杀人，前者总会少一些。站在小民的立场说话，如果制度不能改，遵命的命运也就不能变，那就求上天保佑，在上者是梁惠王吧，因为绑赴菜市口的危险可以少一些。

这里提到小民，不由得想到一个问题：治平的大事方面出了错，难道小民就一点责任也没有吗？以清光绪年间的义和团闹剧为例，太后老佛爷和一部分大臣糊涂，要负责任。小民出身的义和团呢，认为与洋有关的都该灭，相信口中念念有词就可以刀枪不入，且不说责任不责任，总当戴一顶"愚昧"的帽子吧。季先生牛棚内外的遭遇，事不同而理同，热心批斗、抄家、打骂的诸勇士，算加害、算受害可以不论，事后看，加一顶愚昧之冠总不为过吧？愚昧，可怜，也可怕。小可怕是能够使无辜的人（或应说国之精英）家破人亡，大可怕是由不合理走向合理必少希望。现在，"民主"的口号如超高跟，成为时髦，却很少人想到，民主，低到气度也好，高到制度也好，都要有基础，这基础主要是人民的"教养"，包括知识和品格。季先生这本书所记，正好证明有不少人是既没有知识，又没有品格。说起"不少人"，我忽然想到几十年前看过的罗素《中国之问题》。在这本书里，罗素像是泛论，一个民族，如果愚昧，自私，残忍，那就很可悲。我希望他不是说我们，更希望季先生笔下的勇士在神州内不是绝大多数。但总是有，也就应该视罗素的话为"一面镜子"。勇士要照，不勇之士也可以照照，盖天与人，有人设想尚可以合一，况"民吾同胞"的人与人乎？

照过之后又怎么样？当然希望能够照见一切错误（包括事和人

〔人之中更不要放过自己〕）及其来源，然后是往者不可谏，来者犹可追。追，难易且不论，行之前总要把可谏的往者认识清楚，说清楚。可是这偏偏大不易。又是根据世故哲学，不易的事，仍是以少碰为是。那么，本篇因季先生的一本书而想到治道的性质，在上者的为人，直到人民的教养和民族性，也许失之想得太多太远了吧？想了想，至少在这里，我是王阳明的信徒，"行"之前是"知"，行难，甚至说也不易，那就多想想，求能知吧。对应世俗事，要坚决相信明白比糊涂好。

聚讼礼赞

一九九六年第二期《文学自由谈》，如宿昔之准时，送到面前。照例要翻翻，而一翻就像是嗅到一种气味。什么气味？新时代稀有，也就难于找个适当的词语来说明。不得已，到故纸堆里去找，而一找就找到个"聚讼"。娘家是《后汉书·曹褒传》，原文是：

> 谚言作舍道边，三年不成。会礼之家，名为聚讼，互生疑异，笔不得下。

文是旧时代的，且过简，要如昔年之学习宝书，对坐谈体会。我的体会是，几个人凑在一起讨论古礼，你说你的，我说我的，你说我的理解有问题，我说你的理解有问题，争得脸红脖子粗，最后还是未能定于一尊。"笔不得下"之下没有话，这就如赵州和尚"狗子还有佛性也无"中之"无"，更值得谈体会。我的体会是，谁也不服谁，到饭时，只好各自回家，吃自己尊夫人做的炸酱面，待有机会再争。聚讼是人人说己之所信，而且敢争，如果先师俞平伯先生仍健在，见此奇事，岂不高呼应"礼赞"哉！俞先生往矣，"有事弟子服其劳"，我写。先说扣紧现在当下的主旨是，《文学自由谈》的这一期，气氛不是说教，而是吵架，我觉得很好。这是如坐在街头的某些闲人，恨不得眼前的行人打起来吗？曰，非也，而是有大道理在，这大道理，恕我不避浮夸之嫌，是用老而昏的眼看，可以窥见一些"精神文明"。于吵架中见到精神文明，亦有说乎？曰有，而且不止一种。以下依次说说。

其一是，唯物论，如实，唯心论，存诚，就应该这样。语云，人心之不同，各如其面，因而对于同一事物，看法不同，正是意中事。这所谓看法，是偏于评价的，如面对一位二八或三八甚至四八的佳人或"所谓"佳人，身高，有脱掉高跟鞋的尺寸为证，没有什么可争论的，至于美不美，不同的人就会有不同的看法。看法不同，常常来于有所偏重，如甲说美，是由于两眼死盯桃花面，乙说不怎么样，是由于迷时装模特，而这位个儿不高。退一步说，所看为全面，还有所谓情人眼里出西施。这不同有更深的根，概括说是性相近而不尽同，后天的经历，或说教养，差别更大。所以不同是常态，也就不值得大惊小怪。世间的有些事可以更鲜明地说明这种情况，举《史记》为例，古今推为大手笔，可是就我的孤陋寡闻所知，宋苏辙，金王若虚，就说不好。人各有见，不放弃如实和存诚，就只好让张三说张三的，李四说李四的。

其二，有人会担心，这样莫衷一是，限于"思"坛，不就乱了吗？曰，表面看是这样，实际则正好相反，是唯其这样乱一阵子，才能求得真假的真，是非的是，对错的对，好坏的好。何以故？是由于两种情况。一种，不管我们信不信带点牛皮味的"万物之灵"，我们总得从康德，承认人有理性，即判断的能力。十比九大，二八是十六，不是十七，如此判断，对了，这是理性在显示它的威力。许多事物不像二八等于十六那样简明，因而判断也可能错，即理性有时并不可靠。但纵使有时不可靠，我们还是不得不靠它。原因之一是操作性质的，是或者据以论断的材料不充分，或者推理程序有错误，如果不足的变为足，误的变为不误，理性就仍旧会发挥正面的作用。原因之二是逻辑的，是理性有时有误，需要修正，而真就修正了。这修正的力量仍只能来于理性。这样，我们就可以知道，人人言己之所信，争，就等于给理性创造个容易选得对的机会，或换个更干脆的说法，是争论之后的所得才是真的，或至少是可信的。但这里仍会有莫衷一是的情况，如何看待？这就过渡到另一种值得乐观的理由，是在这类事情上，我们也无妨请德先生出面来仲裁。仍以《史记》为例，苏辙，王若虚，挑毛病，可听之任之，至于历代无数的读书人，则都尊之为史籍的典型，开卷就一唱三叹。民主的精神是不求清一色，但不能不从多数。当然，从多数要有个先决条件，即这多数要是自由的，有教养的。

其三，顺着自由和有教养说下去。这样的"一"个人，有所遇，有所见，有所闻，会有自己的想法；有想法，因为是能自主的人而非驯服工具，就不免要说说道道甚至涂涂抹抹。据《旧约·创世记》，连上帝造人也不只一个，况"人多力量大"之男男女女乎？于是加上前面所说，人心之不同，各如其面，一个，两个，以至许多个，或在萧斋，或在某会场，直到《文学自由谈》之类的版面，碰头，就必成为聚讼。这样的聚讼，说者或写者都不背教条，而只是表白自己之所信。表白时的心态，有内外两个方面绝顶重要：内是无顾虑，畅所欲言，不怕因不合最高指示而加冠，发往北大荒；外是对于别人之不同的表白，纵使不能首肯却诚心诚意地尊重。我不隐瞒观点，一向把这样的聚讼看作臭老九益智、爱智旅途中有则应该享之、无则应该求之的一种珍贵而难得的境。珍贵，因为不只会带来心情舒畅，还会带来多数人会心悦诚服的真是非。难得，是不像在上者说《武训传》有毒素，大家跟着喊"有毒素，有毒素"，在上者说《红楼梦》是反封建的，大家跟着喊"反封建，反封建"，那样容易。与境的珍贵相比，难易是小节，所以我们还是勉为其难吧。

其四，建国以后将近三十年，我们过的不是聚讼而是反聚讼的生活。表现为两种形式。一种是金口玉言的大一统，以上所举至上者说《武训传》和《红楼梦》如何如何，大家跟着喊《武训传》和《红楼梦》如何如何，即是也。这种大一统的情况，到"文化大革命"成为登峰造极，比如至上者丙夜观书有感，说了一句什么话，次日清晨就要敲锣打鼓，列队上街头游行，以示庆祝。甚至下降一级至于某女霸，说法家都爱国，儒家都卖国，也没有人敢举文天祥为例，说儒家也可能不卖国。另一种形式是"攻（用打之义）乎异端"，办法是批判，如对俞平伯、马寅初等；或升级，批斗，如对大量的牛棚中人物；或再升级，发配或投入监狱，如对聂绀弩、胡风等。办法多，随来殊途同归的效果显著，诌文要扣紧题目，是就不会再有聚讼之事。这能不能算作有精神文明的一种表现呢？仁者见仁，智者见智，我说我的私见，是不能算，因为，只是在"名"上纠缠，也要承认，想有精神文明，先要人有自己的"精神"，能"文"，可以"明"说自己的话。这期《文学自由谈》中的聚讼，虽然只是在"文学"范围内"自由"一下，总是比长此在"讲话"之下谈体会，像是离精神文明近一些。或换个说法，可算作萌芽，而既已有芽，则精神文明之发荣滋长，总会多有希望了吧？

礼赞聚讼的理由说完，还要说一点点辩解性质的话。这是因为，依照某种所谓学习的规律，发言，说完是非，要表态，如坚决响应号召上山下乡之类。落实到这里，像是应该慷慨激昂而言曰："我一定踊跃参加聚讼，因为上一期有评论我的拙作的文章，我更不能不参加聚讼。"可是我不能这样做，原因是，找回这久已不见踪影的亡羊，我有言在先，要走另一条路。这条路见本年一月十六日我致《文汇报》的一封信（刊于 2 月 8 日第 8 版），其中第三条说：

  有段时期，在上者无容忍不同意见之雅量，动辄运整治之斤成风，使不少人轻则不能抬头，重则不能保头，以致万马齐喑，有识者皆叹惋而徒唤奈何。我人微言轻，不能兼善天下，尚自勉能独善其身。矫枉不惜过正，对于针对己见之不同意见，一向尊重，并表示欢迎。知而行之道是，纵使未必能放弃己见，也决不执笔争论。

这样，对于爬上《文学自由谈》的版面聚而讼，我就只能站在场外，充啦啦队的一员了。入啦啦队，要勤而用力喊，那就再喊一遍"加油，聚讼！聚讼，加油！"结束。

求转败为胜

阅报，知道邵燕祥先生又印了一本书，名《人生败笔》，收昔年写的学习心得、思想汇报、检讨、交代一类文章，据说竟有三十万字之多。专由性质方面看，这是一本奇书，很想找来看看。只是近年来我精力日下，很少出门，尤其不跑书店，间或翻翻书，都是守株待兔式，兔不来，纵使闻名而想看看，也只能徒唤奈何。幸而我也写过这类文章，确知如远年之多种颂圣文，只有历史价值而没有欣赏价值。或曰，你不欣赏，有人欣赏。想想，确是如此，比如专制帝王高坐在宝座之上，臣民跪在下方，自称奴才，高呼万岁，有人会感到难堪或肉麻，可是，至少那位坐在上面的，以及不只口，心也乐于当奴才的，必感到舒服，舒服，欣赏之更上一层楼也。这样，我的"没有欣赏价值"的判断就该缩小范围，说"有些人"会认为。仍嫌过于武断吗？那就再缩小，说"我"认为；还可以加上作者邵燕祥，因为他标明是败笔，而非胜笔。

目为败笔，除了人各有见的问题以外，还有时间问题，即如提出书中的某一篇，写的时候，邵燕祥先生也觉得是败笔吗？这样，时间问题就明朗化为真心抑假意问题。总是五六年以前了，我写了一篇小文《降表之类》，推想如果能把九字号的自骂的文章，如俞平伯先生的检讨、我的请罪辞之类，集为一册出版，必可畅销，大赚其钱。那所收是来自假意的，可惜是写的时候都不想藏之名山，集而出版就做不到了。要钦佩并感谢邵燕祥先生细心，这类文章，不管出自真心还是来于假意，写成都留底，藏之无名的箱箧，又幸而有三十年河西，能够印出来问世，使主要是年轻一代，昔日未能躬逢"伟大"的时代，参与请罪、写检讨的，今日跳交际舞、唱流行歌曲之余，翻开，不说欣赏，见识见识吧。

见识（动词），意思是温习历史。这有何用？可以请《韩诗外传》来作答，是："前车覆而后车不诫，是以后车覆也。"用现在的话说是可以吸取教训。什么教训？不简单，只好分项说。

一、出于自己笔下，有这类文章，如果都是假意的，就可证自己曾经装糊涂，如果兼有真心的，就可证不只曾经装糊涂，而且曾经真糊涂。年轻一代，未能躬逢"伟大"，也就没写过这类文章的人呢，也可以"能近取譬"，想想自己如果早生几十年，会不会也随波逐流，大写其自骂八股，如果竟是未能免俗，就可证自己也会装糊涂加真糊涂。

二、糊涂，除了七品芝麻官郑板桥曾经认为难得以外，大概不会有人愿意这样吧？不愿意这样而竟至这样，有原因。原因之远者是醉心于乌托邦式的教义，然后化为行，不很久就形成个人迷信加不少人狂热的大环境。个人迷信的结果是某一人神化，一人上升为神，其下的凡人当然就要学习学习再学习，检讨检讨再检讨。再说不少人的狂热，头脑发热而至于狂，就必致视献己身为无上光荣，杀异端（有些人只是无告）为天经地义。始于信，终于杀，所以其中蕴含不少可怜和可怕。反事正用,成为教训,是与其迷信,不如"多闻阙疑"。

三、迷信来于少知,甚至无知。治少知或无知,药只有一种,是多吸收知识,并进一步,培养成为能够分辨实虚、真假、对错、是非、好坏等的见识(名词)。这就一个人说,不容易,就群体说,更不容易,因为自觉以外,仍是不能离开大环境。但药只此一种,也就不能不学习白娘子,舍命去盗仙草。改为说实况就是,讲治平之道,应该把提高人民的教养放在第一位,所求是人人能够有并敢于表示自己的所知,而不是长年背语录,写检讨。

四、在下者背语录,写检讨,是因为在上者喜欢听别人背他的大作,喜欢看别人写的"君王明圣,臣罪当诛"式的文字,总而言之是喜欢也就要求在下者都成为驯服工具。都成为驯服工具,自己才可以"无法无天"。这也可以算作一种嗜好吧?小人物,比如喜欢吃观音土,太怪了,可是关系不大。大人物就不同,如三武一宗不喜欢佛教,无数信佛的出家人就受了大苦。在这方面,孔孟希望君主是个善人,对小民有不忍之心,行仁政,由孟德斯鸠看虽不免有磕头主义之讥,退一步,不得不接受"天降下民,作之君",为小民的平安和幸福着想,还是颇有道理的。问题是在上者善不善,要碰运气,磕头主义是不能打保票的。

五、至此,形势是图穷而匕首见,我们总当想个办法,使在上者,不管是否为善人,只能做小民欢迎的事,不能做小民痛心的事。能和不能表示有某种限制,这限制从何处来?稍有社会常识的人都知道,是"制度"。这所知就送来一个重要的教训,是我们要的不应该是一个人说了算的制度。

六、最后还要说说,著文曾有败笔,盖棺前知为败笔,只此一知,形于言,就成为胜笔。何以能成为胜?因为已经确认败笔以及与之有关的一切都要不得。可惜的是,几十年来,花样繁多、主旨单一为喊万岁的败笔不少，而自承为败笔的则寥寥。时之为义大矣哉！大之下我想塞个小希望，是都向邵燕祥先生学习，知而形于言，以求转败为胜。

第四辑　红楼旧影

辜鸿铭

少半由于余生也晚,多半由于余来也晚,辜鸿铭虽然曾在北京大学任教,我却没见过他。吴伯箫来北京比我早,上师范大学,却见过辜鸿铭。那是听他讲演。上台讲的两个人。先是辜鸿铭,题目是 Chinaman,用英文讲。后是顾维钧,上台说:"辜老先生讲中国人,用英文;我不讲中国人,月中文。"这是我们在凤阳干校,一同掏粪积肥,身忙心闲,扯旧事时候告诉我的。我没见过,还想写,是因为,一、有些见面之外的因缘;二、他是有名的怪人,对于怪人,我总是有偏爱,原因之一是物以稀为贵,之二是,怪的一部分,或大部分,来于真,或说痴,如果有上帝,这痴必是上帝的情之所钟,我们常人怎么能不刮目相看呢?

辜鸿铭(1857—1930),名汤生,推想是用《大学》"汤之盘铭"语,取字鸿铭,一直以字行,别号有慵人,还有汉滨读易者,晚年署读易老人。籍贯有些乱,追根,粗是福建或闽南;细就所传不同,有说同安的,有说厦门的,还有说晋江的。不追根就没有问题,生于马来亚的槟榔屿,父亲是那里的华侨。一说母亲是西方人。十岁左右随英国布朗夫妇到英国,先后在英国、德国读书,其后还到过法、意、奥等国。肚子里装了不少西方的书和知识。更出色的是通英、法、德、拉丁、希腊等几种语文,尤其英文,写成文章,连英国人也点头称叹,以为有维多利亚时代的味儿,可以比英国的文章大家加来尔、阿诺德等。获得十几个学位,其中一个本土的是宣统皇帝赐的文科进士,也许就是因此而入了《清史稿》。二十几岁回国,巧遇著《马氏文通》的马建忠,得闻东方的书和知识,如所传禅宗六祖慧能之得闻《金刚经》,以为无上妙义尽在其中,于是改读中国旧籍。很快心就降服了,并由内而外,形貌也随着变,蓄发梳辫,戴红顶瓜皮小帽,穿绸长袍缎马褂、双梁鞋,张口子曰、诗云,间或也流利地 Yes,No,好辩,好骂人,成为十足的怪物。受到张之洞的器重,二十年,先在两广总督署,后在湖广总督署,都入幕府为幕僚。清末到外务部任职,由员外郎升郎中,再升左丞。清朝退位,政体改为共和,他衣冠不异昔时,表示效忠清室,尤其皇帝。也许以为入国学充四门博士之类不算变节吧,蔡元培校长请他到北京大学教英国文学和拉丁文等,他接受了。这,至少由他看,是割鸡用牛刀,心情的冷漠是可想而知的。其后还到日本讲过学,时间不很长,回国,总算迈过古稀的门槛,戴着瓜皮小帽及其下的发辫,去见上帝了。

  我最初知道有这么个怪人,记得是在通县上师范学校时期,看《芥川龙之介集》,其中《中国游记》有一节记作者在北京访问辜鸿铭的事。作者问辜有高才实学,为什么不问世事,辜英语说得急而快,作者领会跟不上,辜蘸唾液在桌上连写一串"老"字。其后我就注意有关这位怪人的材料。道听途说的不少,靠得住的是以下两种。一是他自己说他是东西南北之人,因为生在南洋,学在西洋,婚在东洋,仕在北洋。另一是特别受到外国人的尊重,有"到北京可以不看三大殿,不可不看辜鸿铭"的说法。

　　这后一种传说想来并非夸张。证据不少。其小者是不少外国上层人士，到中国，访他；在外国，读他的著作。其大者可以举两项：一是丹麦的著名文学评论家勃兰得斯曾著长文介绍他；二是托尔斯泰于一九〇六年十月曾给他写一封长信（收到赠书和信后的复信），表示在忍让、忠恕方面道同的盛意。这种情况有个对穷书生不利的小影响，是买他的著作，既难遇又价昂，因为旧书店收得他的著作，虽然那时候还没有只接待外宾、收外币的规定，却是异代同风，非高鼻蓝睛就不让你看。幸而我有个同乡在东安市场经营书业，我住得近，常去，可以走后门，日久天长，也就买到比较重要的几种。先说英文的，买到三种：一是一九〇一年出版的《尊王篇》，二是一九一〇年出版的《清流传》，三是一九二二年再版的《春秋大义》（一九一五年初版）。次要的还有《中国问题他日录》《俄日战争之道德原因》，《论语》《中庸》英译本，英汉合璧本《痴汉骑马歌》，我都没遇见过。中文著作，重要的只有两种，一九一〇年出版的《张文襄幕府纪闻》，我买到了，一九二二年出版的《读易草堂文集》，我没买到。（一九八五年岳麓书社出版《辜鸿铭文集》，收以上两种。）买到的几种，《春秋大义》扉页有作者赠孙再君的既汉又英的题字，署"癸亥年（民国十二年，公元一九二三）立夏后一日"，字颇败，正如其人那样的怪。此外还有介绍他的材料，也有几种。其中一种最重要，是林语堂编的小品文半月刊《人间世》第十二期，一九三四年出版，后半为《辜鸿铭特辑》，收文章九篇，托尔斯泰的信和勃兰得斯的评介（皆汉译）在内。刊前收相片两幅。一幅是辜氏的半身像，面丰满，浓眉，眼注视，留须，戴瓜皮小帽，很神气，不知何年所照。另一幅是与印度诗人泰戈尔的合影，一九二四年六月在清华大学工字厅所照，全身，瓜皮小帽，长袍马褂，坐而拄杖，其时他年近古稀，显得消瘦了。一九八八年岳麓书社出版伍国庆编《文坛怪杰辜鸿铭》，收介绍文章比较多，写本篇之前我也看到。

接着再说一种因缘。记得是四十年代初，友人张君约我一同去访他的朋友某某。某某住北京东城，灯市口以南，与灯市口平行的一条街，名椿树胡同，东口内不远，路南的一个院落。我们进去，看到地大而空旷，南行东拐，北面是个小花园，花园尽处是一排平敞的北房，进屋，布局显得清冷而稀疏。我感到奇怪，问主人，他说原是辜鸿铭的住宅。介绍辜鸿铭的文章，有两篇说他住椿树胡同，其中一篇并注明门牌号数，是十八号，只有林斯陶一篇说是住东城甘雨胡同。甘雨胡同是椿树胡同以南相邻的一条街，如果他所记不误，一种可能，是住宅面积大，前有堂室，通甘雨胡同，后有园，通椿树胡同吧？不管怎么样，我一度看到的总是这位怪人的流连之地，虽然其时已经是燕子楼空，能见到空锁楼中燕，也算是有缘了。

因缘说完。言归本人的正传，想由外而内，或由小而大。先说说可以视为末节的"字"，我看也是因怪而坏。《辜鸿铭特辑》收陈昌华一篇《我所知道的辜鸿铭先生》，其中说：

> 中文的字体不十分好，但为了他的声誉的缘故，到台湾时，许多人请他写字，他亦毫不客气的写了，在台湾时在朋友处，我曾亲眼看见他写的"求己"二字，初看时，我不相信是他写的，他自己署名那个辜字中，十字和口字相离约摸有二三分阔，谁相信这是鼎鼎大名的辜鸿铭先生写的呢？

罗家伦在北大听过辜鸿铭讲英国诗的课，写《回忆辜鸿铭先生》，也说"在黑板上写中国字"，"常常会缺一笔多一笔"。我前面提到的《春秋大义》，扉页的题字正可以出来做证，十几个汉字，古怪丑陋且不说，笔画不对的竟多到五个。但是我想，这出于辜氏就再合适不过，因为，如果竟是赵董或馆阁，那就不是辜鸿铭了。

放大一些，说"文"。中文，怪在内容方面，可以不论。英文，表达方面特点很明显，稍看几行，就会感到与流俗的不同。我想，这是有意避流俗，求古求奇。这一点，林语堂也曾提到：

> 辜之文，纯为维多利亚中期之文，其所口口声声引据亦 Matthew Arnold, Carlye, Ruskin 诸人，而其文体与 Arnold 尤近。此由二事可见，（一）好重叠。……（二）好用 I say 二字。（《辜鸿铭特辑·有不为斋随笔》）

总之是写英文，不只能够英国味儿，而且有了自己的风格。著文，用本土语，有自己的风格，使熟悉的人一眼便能看出，大不易，更不要说用外语了。专就这一点说，高鼻蓝睛之士出高价搜罗辜氏著作，也不为无因了。

再放大，说"性格"的怪。辜氏作古后不久，一位英语造诣也很深的温源宁用英文写了评介辜氏的《辜鸿铭先生》（后收入 Imperfect Understanding 一书，不久前由南星译成中文，名《一知半解》，由岳麓书社出版），其中说：

> ……他只是一个天生的叛逆人物罢了。他留着辫子，有意卖弄，这就把他整个的为人标志出来了。他脾气拗，以跟别人对立过日子。大家都接受的，他反对。大家都崇拜的，他蔑视。他所以得意扬扬，就是因为与众不同。因为时兴剪辫子，他才留辫子。要是谁都有辫子，我敢保辜鸿铭会首先剪掉。他的君主主义也是这样。对于他，这不是原则问题，而是一心想特殊。……辜鸿铭很会说俏皮话，不过，他的俏皮离不开是非颠倒。所谓是非颠倒，就

是那种看法跟一般的看法相反，可以把人吓一跳。……一个鼓吹君主主义的造反派，一个以孔教为人生哲学的浪漫派，一个夸耀自己的奴隶标帜〔辫子〕的独裁者，就是这种自相矛盾，使辜鸿铭成了现代中国最有趣的人物之一。

对于辜氏的怪，这篇文章描述得有声有色，并能由形而神。不过说到怪的来由，温源宁认为只是求与众不同，就还值得研究。问题在"求"字；如果真像他说的那样，那就凡是多数人肯定的，辜氏应该都持否定态度，或者深入一步说，辜氏的所言所行，并不来于心里的是非，而是来于想反。事实大概不是这样，或至少是，并不都是这样。比如辜氏喜欢骂人，表现为狂，对于有大名的曾国藩和彭玉麟却网开一面，并曾套《论语》的成句说："微曾文正，吾其剪发短衣矣。"

有骂，有不骂，至少他自己会认为，是来于他心里的是非。是非的具体内容可能与常见不同；就辜氏说，是多半与常见不同。这是因为，"他觉得"他有不同于世俗、远远超过世俗的操守和见识。这种信念还固执得近于妄，比如他说，当时中国只有两个好人，一个是蔡元培先生，一个是他自己。因为此外都是坏人，他又没有视而不见、听而不闻的雅量，于是有所见，有所闻，不合己意，就无名火起，不能不一发作为快。发作之委婉者为愤世嫉俗的冷嘲热讽，如：

（1）壬寅年（光绪二十八年，公元一九〇二）张文襄（张之洞）督鄂时，举行孝钦皇太后万寿，各衙署悬灯结彩，铺张扬厉，费资巨万。邀请各国领事，大开筵宴；并招致军界学界，奏西乐，唱新编《爱国歌》。余时在座陪宴，谓学堂监督梁某曰："满街都是唱《爱国歌》，未闻有人唱《爱民歌》者。"梁某曰："君胡不试编之？"余略一仁思，曰："余已得佳句四，君愿闻之否？"曰："愿

闻。"余曰："天子万年，百姓花钱；万寿无疆，百姓遭殃。"座客哗然。(《张文襄幕府纪闻》卷上《爱国歌》)

（2）近有客自游日本回，据云在日本曾见有未遭秦火之《孟子》原本，与我今所谓《孟子》七篇多有不同。譬如首章，其原本云："孟子见梁惠王，王曰：'叟不远千里而来，仁义之说可得闻乎？'孟子对曰：'王何必仁义，亦有富强而已矣。'"云云。又如"孟子道性善，言必称尧舜"一章，其原本云："孟子道性恶，言必称洋人。"云云。（同上《孟子改良》）

（3）余谓财固不可不理，然今日中国之所谓理财，非理财也，乃争财也，驯至言理财数十年，其得财者惟洋场之买办与劝业会之阔绅。昔孔子曰："君君，臣臣，父父，子子。"余谓今日中国欲得理财之道，则须添一句曰："官官，商商。"盖今日中国，大半官而劣则商，商而劣则官，此天下之民所以几成饿殍也。（同上《官官商商》）

发作之直率者为点名的嬉笑怒骂，如：

（4）孔子曰："道千乘之国，敬事而信，节用而爱人，使民以时。"……又忆刘忠诚（刘坤一）薨，张文襄调署两江，当时因节省经费，令在署幕僚皆自备伙食，幕属苦之，有怨言。适是年会试题为"道千乘"一章，余因戏谓同僚曰："我大帅可谓敬事而无信，节用而不爱人，使民无时。人谓我大帅学问贯古今，余谓我大帅学问，即一章《论语》亦仅通得一半耳。"闻者莫不捧腹。（同上《半部论语》）

（5）张文襄学问有余而聪明不足，故其病在傲；端午桥（端方）聪明有余而学问不足，故其病在浮。文襄傲，故其门下幕僚多伪君子；午桥浮，故其门下幕僚多真小人。昔曾文正曰："督抚考无良心，沈葆桢当考第一。"余曰："近日督抚考无良心，端午桥应考第一。"（同上《翩翩佳公子》）

（6）丁未年（光绪三十三年，公元一九〇七），张文襄与袁项城（袁世凯）由封疆外任同入军机。项城见驻京德国公使曰："张中堂是讲学问的；我是不讲学问，我是讲办事的。"其幕僚某将此语转述于余，以为项城得意之谈。予答曰："诚然。然要看所办是何等事，如老妈子倒马桶，固用不着学问；除倒马桶外，我不知天下有何事是无学问的人可以办得好。"（同上《倒马桶》）

像这些，用处世的通例来衡量，确是过于怪，甚至过于狂；如果换为用事理人情来衡量，那就会成为，其言其人都不无可取，即使仍须称为怪物也好。

怪还有更大的，是比性格更深重的"思想"。其中有些近于琐细，很落后，或说很腐朽，也可以说说。较大的一种是尊君，维护专制。他自己觉得，这也有理论根据，是只有这样才是走忠义一条路，才可以振兴中国的政教，保存中国的文明。这显然是闭眼不看历史、不看现实（包括西方议会制度的现实）的梦话。可是他坚守着，有时甚至荒唐到使人发笑的地步，如对于那位垂帘听政的既阴险又糊涂的老太太，他也是尽拥戴吹捧之能事；又如周作人在《知堂回想录·北大感旧录》中所记，"五四"运动时期，北大教授在红楼一间教室里开临时会议，商讨的事件中有挽留蔡元培校长，辜鸿铭发言，也主张挽留，理由是，校长是学校的皇帝，所以非挽留不可。其次的一种到了家门之内，他娶妻，为本国的淑姑夫人；纳妾，为日本的蓉子如夫人。还为纳妾辩护，理由用王荆公的《字说》法，说"妾"是"立女"，供男子疲倦时靠一靠的。有外国女士驳他，说未尝不可以反过来，女的累了，用男的作手靠；手靠不止一个，所以也可以一妻多夫。他反驳，理由是，一个茶壶可以配四个茶杯，没见过一个茶杯配四个茶壶的。这就又是荒唐得可笑，应该归入怪一类。还可以说再其次的一种，有关妇女的脚的，因为欠雅驯，从略。

思想方面还有不琐细的，由现在看，是绝大部分离奇而片面。举其大而总的，是中国什么都好，外国什么都不好。这种怪想法还付诸实行。大举是写，写书，写文章，给西方人看，说西方的缺漏和灾祸如想得救，就只能吸收中国的文明。小活动是骂，据说照例是，看见英国人，就用英语说英国怎么坏；看见法国人，就用法语说法国怎么坏；等等。而所谓中国文明，是指孔子之道，即四书五经中所说。奇怪的是，他觉得，他眼见的多种社会现象（个个人除外），并不异于四书五经中所说，直到男人作八股，女人缠小脚，等等，都是，所以都应该保存，歌颂。

但因此就说他的主张一无足取，似乎又不尽然。例如第一次世界大战开始以后，他写《春秋大义》（英文名直译为《中国人民的精神》），导言的第一段说（原为英文）：

> 现时的大战引起全世界的最大注意。我想这战争一定会使有思想的人们转而注意文化的大问题。一切文化开始于制服自然，就是说，要克服、统辖自然界的可怕的物质力量，使它不伤人。我们要承认，现代的欧洲文化在制服自然方面已经取得成效，是其他文化没有做到的。但是在这个世界，还有一种比自然界的物质力量更为可怕的力量，即藏在人心里的情欲。自然界的物质力量给人类的伤害，是远远不能与人的情欲所造成的伤害相比的。因此，很明显，这可怕的力量——人的情欲——如果不能得到适当的调理和节制，那就不要说文化，就是人类的生存也将成为不可能。

以下分几章，介绍中国封建传统的"理想"一面，用意是告诫现代西方的重物质文明，说都错了，要改行中国的孔子之道，把力量用在治心方面，不必多管飞机大炮。他的这种思想，显然是坐而可言，起而难行。事实是，温良恭俭让与飞机大炮战，缩小到身家，"不义而富且贵，于我如浮云"与钱尤其外币战，前者胜利的可能是几乎没有的。但这是必然，未必是应然。即以辜氏的空想而论，我们可以反其道而行，只顾物而不管心吗？如果胆敢理论上承认、行动上甘心这样，或只是不由自主地这样，那就一连串问题，大到"上下交征利"，小到为钱而不惜心与身，都来了。怎么办？如果还想办，我们似乎就应该想想辜鸿铭。他的救世的处方是，要德不要力，要义不要利，要礼教不要货财，总之是要精神文明不要物质文明。这药显然很难服用，因而也就难于取得疗效。但他诊断有病，不错，总可以算作半个好医生吧？我想，如果说这位怪人还有些贡献，他的最大贡献就在于，在举世都奔向力和利的时候，他肯站在旁边喊：危险！危险！

最后总而言之，辜鸿铭的特点是"怪"。怪的言行，有些有佯狂成分，那是大缺点。但有些来于愤世嫉俗，就间或可取，至少是还好玩。如：

（1）有一次他跟胡适说："我编了一首白话诗：监生拜孔子，孔子吓一跳。孔会（指伪道学的孔教会）拜孔子，孔子要上吊。"（《文坛怪杰辜鸿铭》第3页）

（2）他在一篇用英文写的讽刺文章里说："什么是天堂？天堂是在上海静安寺路最舒适的洋房里！谁是傻瓜？傻瓜是任何外国人在上海不发财的！什么是侮辱上帝？侮辱上帝是说赫德税务司为中国定下的海关制度并非至善至美！"（同上书第17页）

（3）在北京的一次宴会上，座中都是一些社会名流和政界大人物，有一位外国记者问辜氏道："中国国内政局如此纷乱，有什么法子可以补救？"他答道："有，法子很简单，把现在在座的这些政客和官僚，拉出去枪决掉，中国政局就会安定些。"（同上书第175页）

这虽然都是骂人，却骂得痛快。痛快，值得听听，却不容易听到，尤其在时兴背诵"圣代即今多雨露"的时代。痛快的骂来于怪，所以，纵使怪有可笑的一面，我们总当承认，它还有可爱的一面。这可爱还可以找到更为有力的理由，是怪经常是自然流露，也就是鲜明的个性或真挚的性情的显现。而这鲜明，这真挚，世间的任何时代，总嫌太少；有时少而至于无，那就真成为广陵散了。这情况常常使我想到辜鸿铭，也就不能不以未能在北大红楼见到这位戴红顶瓜皮小帽下压发辫的怪人为不小的遗憾。

胡博士

胡博士是个有大名的人物。在手持玉帛的人们的眼里是这样，在手持干戈的人们的眼里似乎尤其是这样，因为如果无名，就犯不上大动干戈了。可是以他为话题却很不合适。一是他的事迹，几乎尽人皆知，"五四"时期的文学革命不用说了，其后呢，有他自己写的《四十自述》，再其后，作了最高学府北京大学的校长，渡海峡东行，作院长、大使等等，所谓事实俱在，用不着述说。二是关于学术成就，他是经史子集无所不问，无所不写，大兼早直到老庄和孔孟，小（当然是按旧传统说）兼晚直到《红楼梦》和《老残游记》，所谓文献足征，也用不着述说。三是不管谈哪方面，都会碰到评价问题，这很不好办，向这一方偏，站在那一方的人们不能容忍，向那一方偏，站在这一方的人们不能容忍，居中，两方都会斥为骑墙派或模棱派，也不能容忍，总之将是费力不讨好。可是我这琐话（指《负暄琐话》）有不少是涉及北京大学的，胡博士是北京大学的重要人物，漏掉他，有人会怀疑这是有什么避忌。不得已，只好借用孔北海让梨的办法，拿小的，谈一些琐屑。

胡博士一九一七年来北大，到我上学时期，论资历，已经是老人物了。可是年岁并不很大，不过是"四十而不惑"。看外貌更年轻，像是三十岁多一些。中等以上身材，清秀，白净。永远是"学士头"，就是头发留前不留后，中间高一些。永远穿长袍，好像博士学位不是来自美国。总之，以貌取人，大家共有的印象，是个风流潇洒的本土人物。

形貌本土，心里，以及口中，有不少来自异国的东西。这有思想，或说具体一些，是对社会、人生以及与生活有关的种种事物（包括语言文学）的看法。——这方面问题太大，还是谈小一些的，那是科学方法。我们本土的，有时候谈阴阳，说太极，玄想而不顾事实。科学方法则不然，要详考因果，遵循逻辑，要在事实的基础上建立知识系统。这对本土说是比较新鲜的。可是也比较切实，所以有力量。初露锋芒是破蔡元培校长的《石头记索隐》。蔡先生那里是猜谜，甚至做白日梦，经不住科学方法的事实一撞，碎了。在红学的历史上，胡博士这篇《〈红楼梦〉考证》很重要它写于一九二一年，刚刚"五四"之后，此后，大家对索隐派的猜谜没有兴趣了，改为集中力量考曹府，以及与之有关联的脂砚、敦敏等。也是用这种方法，胡博士还写了几种书和大量的文章，得失如何可以从略。

"五四"前后，胡博士成为文化界的风云人物，主要原因自然是笔勤，并触及当时文化方面的尖锐问题，这就是大家都熟知的文学革命。还有个原因，其实也不次要，是他喜爱社交，长于社交。在当时的北京大学，交游之广，朋友之多，他是第一位。是天性使然还是有所为而然，这要留给历史学家兼心理学家去研究；专从现象方面说，大家都觉得，他最和易近人。即使是学生，去找他，他也是口称某先生，满面堆笑；如果是到他的私宅，坐在客厅里高谈阔论，过时不走，他也绝不会下逐客令。这种和易的态度还不只是对校内人,对校外的不相识,据说也是这样,凡是登门必接待,凡是写信必答复。这样,因为他有名,并且好客,所以同他有交往就成为文士必备的资历之一,带有讽刺意味的说法是:"我的朋友胡适之。"

要上课,要待客,要复信,要参加多种社会活动,还要治学,写文章,其忙碌可想而知。可是看见他,总是从容不迫的样子。当时同学们都有个共同的感觉,胡博士聪明过人,所以精力过人。三十年代初,他讲大一普修的中国哲学史,在第二院大讲堂(原公主府正殿)上课,每周两小时,我总是去听。现在回想,同学们所以爱听,主要还不是内容新颖深刻,而是话讲得漂亮,不只不催眠,而且使发困的人不想睡。还记得,那已是一九四六年,西南联大三校各回老家之后,清华大学校庆,我参加了。其中有胡博士讲话,谈他同清华大学的关系,是某年,请他当校长,他回个电报说:"干不了,谢谢!"以下他加个解释,说:"我提倡白话文,有人反对,理由之一是打电报费字,诸位看,这用白话,五个字不是也成了吗?"在场的人都笑了,这口才就是来自聪明。

以上谈的偏于"外面儿"的一面。外面儿难免近于虚浮,一个常会引起的联想是风流人物容易风流。胡博士像是不这样,而是应该谨严的时候并不风流。根据道听途说,他留学美国的时候,也曾遇见主动同他接近的某有名有才的女士,内情如何,外人自然难于确知,但结果是明确的,他还是回到老家,安徽绩溪,同父母之命的江夫人结了婚。来北京,卜居于地安门内米粮库,作主妇的一直是这位完全旧式的江夫人,不能跳舞,更不能说 yes, no。这期间还流传一个小故事,某女士精通英、法、德文,从美国回来,北大聘她教外语,因为家长与胡博士有世交之谊,住在胡博士家。我听过这位女士的课,一口流利的好莱坞。她说惯了,不三思,下课回寓所,见着胡博士还是一口好莱坞，胡博士顺口搭音，也就一连串 yes, no。这不怪江夫人，她不懂，自然不知道说的是什么，也自然会生疑。胡博士立即察觉，并立即请那位女士迁了居。

闲谈到此，本来可以结束了。既而一想，不妥，谈老师行辈，用夫人和女士事件结尾，未免不郑重。那就再说一件，十足的郑重其事，是他对朋友能够爱人以德。那是一九三八年，中国东、北半边已经沦陷，北大旧人还有住在北京的，其中一位是周作人。盛传他要出来做什么，消息也许飞到西方，其时胡博士在伦敦，就给周寄来一首白话诗，诗句是："臧晖（案为胡博士化名）先生昨夜作一个梦，梦见苦雨庵（案为周的书斋名）中吃茶的老僧，忽然放下茶钟出门去，飘然一杖天南行。天南万里当不太辛苦？只为智者识得重与轻。梦醒我自披衣开窗坐，谁知我此时一点相思情。"用诗的形式劝勉，"谁知我此时一点相思情"，情很深，"智者识得重与轻"，意很重，我忝为北大旧人，今天看了还感到做得很对。可惜收诗的人没有识得重与轻，辜负了胡博士的雅意。

说起北大旧事，胡博士的所为，也有不能令人首肯的，或至少是使人生疑的。那是他任文学院院长，并进一步兼任中国语言文学系主任，立意整顿的时候，系的多年教授林公铎（损）解聘了。林先生傲慢，上课喜欢东拉西扯，骂人，确是有隙可击。但他发牢骚，多半是反对白话，反对新式标点，这都是胡博士提倡的。自己有了权，整顿，开刀祭旗的人是反对自己最厉害的，这不免使人联想到公报私仇。如果真是这样，林先生的所失是鸡肋（林先生不服，曾发表公开信，其中有"教授鸡肋"的话），胡博士的所失就太多了。

梁漱溟

　　写下这样一个题目,先要说几句请读者不要误会的话。梁先生也属于歪打正着,因受压而名气反而增长的人,近几年西风渐猛,介绍梁先生事迹也成为热门,又他的著作,书店或图书馆的架子上俱在,所以,照史书列传那样介绍已经意义不大;我还要写,主要是想说说我对梁先生的狂妄想法,其间提到梁先生的星星点点,殆等于挂角一将。自知狂妄而还有胆量说,是考虑到,梁先生和我都是出入红楼的北大旧人(他讲六年,我学四年),受北大学风的"污染",惯于自己乱说乱道,也容忍别人乱说乱道,所以估计,如果梁先生仍健在,看到,一定是"相视而笑,莫逆于心"。可惜我错了,不该晚动笔;或者是他错了,不该急着去见上帝。

　　就由名气增长说起。受压,不止他一个人,自然就说不上稀奇。稀奇的是他不像有些有大名之士,识时务者为俊杰,每次新的运动或新的学习到来,就大作其检讨八股,说过去糊涂,现在受到教育,恍然大悟或又明白一些云云。这里插说一点意思,检讨中说又明白一些的其实是已经彻悟,因为能够鉴往知来,给下次的检讨留有余地;说恍然大悟表示除了根,下次检讨就难于着笔了。言归正传,梁先生就不同,是不只不检讨,反而敢于在大力压之下声言要讲理,纵使不了了之之后也曾闭门思过。这显然失之过于迂阔。但迂阔,其外含有硬,其内含有正,所以可敬;尤其在山呼万岁和"滚下来"之声震天的时候,能够不放弃硬和正,就更加可敬。

就算是挂角一将,既然以梁先生为题,也要说说我和他的一点点因缘。他早年的重要著作,《东西文化及其哲学》,以及近年的一些著作,我粗粗地看了,印象留到下面说。我和他只通过一次信,是四十年代后期,我主编一个佛学月刊,当然要约请北大讲佛学的前辈写文章,于是给他写信。记得那时他在重庆,回信说,他不写,也许我的信提到张东荪吧,他说张东荪聪明,可以写。我是受了《红楼梦》第五回"聪明累"曲词"机关算尽太聪明"的影响,觉得他的话含有不敬的意思,所以感到奇怪,或者说,感到这样写的人有些奇怪。最近看报,才知道还有更甚者,是他复某先生信,表明自己不愿意参加什么纪念宴会,理由是某先生曾谄媚某女霸云云。我进一步明白,梁先生于迂阔之外,还太直,心口如一到"出人意表之外"。解放后他来北京,恍惚记得在什么会上见过,正襟危坐,不是寡言笑,而是无言笑,十足的宋明理学家的风度。他住在德胜门内积水潭西的小铜井一号,积水潭西岸是他父亲梁巨川(名济)于民国七年"殉(清)国"投水自杀的地方,卜居于此,不知道是否有悼念的意思。这次住北京,他不再讲佛学,改为"从"政,讲治平,接着就成为顽固不化的代表人物,我当然不便登门。一九七六龙年诸大变之后,无妨登门了,又因为无可谈(理由见后),所以就始终没有去看他。直到一九八八年,母校北大建校九十周年,承纪念文集《精神的魅力》的编者不弃,我写了一篇纪念文章。书出版后送来,一看,文章次序是依齿德排的,居然有梁先生一篇,他生于公元一八九三年,高龄九十五,荣居榜首。我名列第四,一则以喜,一则以惧。惧的原因是"冯唐易老",可不在话下。喜呢,是仅仅隔着冰心、冯至两位,可说是间接与梁先生联床了。梁先生这篇《值得感念的岁月》是口述别人记录的,翻腾了北大的一部分老家底,我看了感到亲切;其中多提到蔡元培校长,他心情恭顺,态度谦和,我才知道梁先生原来是也会点头的。

对我的狂妄想法而言,以上是楔子,以下才是正文。梁先生直,追本溯源,近是来于其尊人梁巨川,远是来于天命之谓性。直,必自信,因为直之力要由信来。这自信也表现在学业方面。在这方面,就我深知的许多前辈说,他与熊十力先生和废名先生是一个类型的,都坚信自己的所见是确定不移的真理,因而凡是与自己的所见不同的所见都是错的。这好不好?一言难尽。难,因为显然不能反其道而行,不相信自己之所见。由这种坚往宽松方面移动,近可以移到承认人各有见,远可以移到推想自己的所见也可能错。近是客观所有,但这三位,我推想,是不会用民主的态度看待各有所见的别人的,因为他们坚信自己的所见,并由此推论,别人的不同所见必错。这样,他们的宽松刚移到承认人各有见就搁了浅,自然就永远不会再移动,到推想自己的所见也可能错的地方。而其实,正如常识所常见,所见,不管自信为如何高明,错的可能终归是有的。还是总说这三位,因为惯于多信少疑,至少是我觉得,学业兼表现为品格就长短互见:长是诚,短是不够虚心。但这是大醇小疵,我们理应取大而舍小。

深追一步,正面说梁先生的所见。当然主要还是说我的所见,不能翻腾梁先生的学业家底。这里借用王阳明知行合一的说法,推想梁先生一定相信,他是"行"家,"知"是为他的行服务的。我不这样看。比如与北大的另一位,也是多年受大力之压的,马寅初先生,相比,就一眼可以看出有大差别。马先生的眼睛多看"人",所以虽也悲天,但着重的是悯人。他不停于论,而是以论为根据,想办法。可惜被"人多力量大"的有权威的高论一扫,连人也束之高阁了。梁先生呢,似乎更多的是看"天",即多想萦回于心中的"理",虽然不至如宋儒那样,由无极、太极起的一贯形而上,但理终归是理,无论怎样像是明察秋毫,头头是道,却不免于坐而可言,起而难行。我有时甚至想,在眼向外看的时候,至少就气质说,梁先生,与其说近于写《乌托邦》的摩尔,不如说近于写对话集的柏拉图,或者再加一点点堂吉诃德,因为他理想的种种,放在概念世界里似乎更为合适。这是迂阔的另一种表现,由感情方面衡量,可敬,由理智方面衡量,可商。有的,说重一些,至少由效果方面看,还近于可笑。可是很对不起梁先生,我没有去商。责任的一半在我,因为自顾不暇。另一半,我大胆推给梁先生,因为我深知,对于不同的所见,尤其出于后学的,他是不会采纳的。

　　还可以再往深处追。梁先生以治佛学入北大,出入红楼,所讲仍是佛学。与熊十力先生相似,梁先生也是由释而儒。但改变程度有深浅之别。熊先生张口闭口大《易》,却没有丢掉唯识。梁先生年轻时候信佛,曾想出家,"从"政以后,虽然仍旧茹素,却像是不再想常乐我净方面的妙境,而成为纯粹的儒。与法家相比,儒家是理想主义者,相信人性本善,人皆可以为善。而世间确是有不善,怎么办?办法还是理想主义,比如希望君主都成为尧、舜,臣子都成为诸葛亮、魏征。希望多半落空,怎么办?理想主义者一贯是坚信,暂时可以落空,最终必不落空。理想主义者总是彻头彻尾的理想主义者。我呢,也许中了老庄和《资治通鉴》两类书的毒,虽然不敢轻视理想主义,却又不能放弃怀疑主义,甚至悲观主义。也渴望治平,而对于如何如何便可以鸡犬超升的妙论,则始终至多是半信半疑。这里,显然,我和梁先生就有了不小的距离。恕我狂妄,在梁先生作古之后还吹毛求疵。我总是认为,梁先生的眼镜是从 Good 公司买的,于是看孔、孟,好,看人心不古的今人,还是好,直到看所有的人心,都是好。可是就是这样的他眼镜中的好人,集会批判他了,因为他是不隐蔽的孔子的门徒;孔早死了,抓不着,只好批其徒。他不愧为梁先生,恭聆种种殊途而同归的高论之后,照规定说所受教益,还是老一套,就是大家熟知的:"三军可夺帅也,匹夫不可夺志。"事过境迁,现在有不少人赞叹了,我则认为梁先生明志,引《论语》还引得不够。应该加什么?显然应该加上另外两句:一句是"道之不行,已知之矣";另一句是"不可与言而与之言,失言"。这也就可证,梁先生是地道的理想主义者,甚至空想主义者,我则加上不少的怀疑主义甚至悲观主义了。梁先生的地道,可敬,也可怜;我的杂七杂八,大概只是可怜了。

还是专说梁先生。说可怜,是来于同情。因为梁先生是北大的前辈,我的同情心就更盛,有时闭户凝思,甚至还会落一滴两滴同情之泪。落泪,主要不是为他受了屈,是为他迂阔,以至于"滞"的可怜。至于开了门,面前有了别人,那就应该专说可敬。可敬之处不少。有悲天悯人之怀,一也。忠于理想,碰钉子不退,二也。直,有一句说一句,心口如一,三也。受大而众之力压,不低头,为士林保存一点点元气,四也。不作歌颂八股,阿谀奉承,以换取絜驾的享受,五也。五项归一,我觉得,今日,无论是讲尊崇个性还是讲继承北大精神,我们都不应该忘记梁先生,因为他是这方面的拔尖儿人物。

诗人南星

几年前写琐话,虽然只是篱下的闲谈,却也有些清规戒律,其中之一是不收健在的人。几年过去,外面开放的风越刮越猛,草上之风必偃,于是我想,如果笔一滑,触犯了这个清规戒律,也无妨随它去。因为有这也无妨的想法,于是想谈谈南星。拿起笔,忽然忆及十几年前,被动乡居面壁的时候,为消磨长日,写过一篇怀念他的文章。翻检旧书包,稿居然还在。看看,懒意顿生,也是想保存一点点情怀的旧迹,于是决定不另起炉灶。但后事如何又不能不下回分解,所以进一步决定,那一篇,一九七五年最热的中伏所写,照抄,然后加个下回分解的尾巴,以求能够凑合过去。

以下抄旧稿。

不见南星已经十几年了,日前一位老友从远方来信,里面提到他,表示深切的怀念之意。这使我不禁想起许多往事。

南星原名杜文成,因为写诗文永远不用原名,用南星或林栖,于是原名反而湮没不彰。我们最初认识是在通县师范。那是二十年代后期，我们都在那里上学。他在十三班；我在十二班，比他早半年。在那里几乎没有来往，但是印象却很清楚。他中等身材，清瘦，脸上总像有些疙瘩。动作轻快，说话敏捷，忽此忽彼，常常像是心不在焉的样子。对他印象清楚，还有个原因，是听人议论，他脾气有些古怪，衣服，饮食，功课，出路，这类事他都不在意，却喜欢写作，并且已经发表过诗和散文，而且正在同外边什么人合办一种文学刊物。我当时想，他的像是心不在焉，其实大概是傲慢，因为已经上升到文坛，对于埋头衣食的俗人，当然要不屑一顾了。

我的推测，后来才知道，其实并不对。——就在当时，也常常感到莫名其妙。他像是有些痴，但据说，聪明敏捷却超过一般人，例如很少温课，考试时候漫不经心，成绩却不比别人差。这样看，特别聪明像是确定的了，但也不尽然。有一次，九班毕业，欢送会上，代表十三班致欢送辞的，不知道为什么选上他了。十班，十一班，十二班，欢送辞都说完了，他匆匆忙忙走上台。面对会场站了很久，注视天花板，像是想致辞的开头，但终于说不出来。台下先是隐隐有笑声，继而变为大笑。笑了两三阵之后，他终于挤出半句，"九班毕业"，又呆住了，他显得很急，用力补上半句，"很好"，转身就走下去。又引起全场大笑。是没有腹稿呢，还是临时窘涩忘了呢？后来一直没问过他。总之，当时我觉得，这个人确是很古怪。

之后，恰巧，我和他都到北京大学上学了。他学英文，我学中文，不同班，也不同系。来往更少，但是还间断听到他的消息。他英文学得很好，能说能写，造诣特别深的是英国散文的研究。还是好写作，写了不少新诗，也写散文，翻译英国散文和小说，而且据说，在当时的文坛上已经有不小的名气。脾气还是古怪，结了婚，女方也是京北怀柔县城里人，人娇小，也很聪明，结婚之后才学英文，也说得相当流利。生个女儿，决定让孩子学英语，于是夫妻约定，家中谈话限定用英语。这使很多相识感到奇怪，也有些好笑。大学毕业以后，他到中学去教书，可是因为像是漫不经心，又同校当局少来往，总是任职不长。生活近乎旅行，兼以不会理家，经常很穷。

不记得怎么一来，我和他忽然交往起来。他常常搬家，那时候住在东城。房子相当好，室内的布置却很奇怪，例如日常用具，应该具备的常是残缺不全，用处不大的玩物却很不少。书也不多，据说常迁居难免遗失，有时候没钱用还零碎卖一些。女儿已经五六岁，果然是多半说英语。家中相互像是都很体贴，即使是命令，也往往用商量的口气。我的印象，这不像一般的人家，却很像话剧的一个场面，离实际太远。

交往渐多，更加证明我的判断并不错。他生活毫无计划，似乎也很少想到。读书，像是碰到什么就翻一翻，很快，一目十行，不久就扔开。写作也是这样，常是旁人找上门要稿子才拿笔，也很快，倚马千言。字却清朗，笔画坚实稍带些曲折，正是地道的诗人风格。我有时感到，他是有才而不善用其才，有一次就劝他，无论治学还是治生，都不宜于这种信天翁的态度。治学无计划，不进取，应该有成而竟无成，实在可惜。治生无计划，不进取，生活难于安定，甚至妻子不免冻馁之忧，实在可怕。他凝神听着，像是有些慨然，但仍和往常听旁人发表意见一样，只是毫不思索地随着赞叹，"是是是，对呀！"赞叹之后，像是又心不在焉了。说也奇怪，对于帮助旁人，他却热情而认真，常是做的比人希望的更多。自然，除了有关写作的事务之外，做得切合实际并且恰如其分的时候是比较少的。

对于一般所谓正事，他漫不经心；可是对于有些闲事，他却兴高采烈。例如喜欢游历就是这样，不管他正在忙什么，只要我去约他，他总是站起来就走。有一年，我们一起游了香山，又一起游了通县。在通县北城墙上晒太阳，看燃灯塔和西海子，温二十年前的旧梦，想起苏诗"人生看得几清明",他也显得有些惆怅,像这样陷入沉思,在他是很少见的。

果然不出所料,他搬了几次家之后,生活无着,又须搬家了。新居已经找到,但是没有用具,问我怎么办。我帮他去买,到宣武门内旧木器铺去看。他毫无主见,还是我建议怎么办,他随着点头说:"是是是,对呀!"只有一次,他表示了意见,是先在一家看了一张床,转到另一家又看一张床,问过价钱之后,他忽然问店主:"你这床比那一家的好得多,要价反而少,这是为什么?"问得店主一愣,显然是很诧异了。那时候旧货都不是言不二价,这样一问,当然难得成交了。离开以后,我说明不当赞美物美价廉的理由之后,他自怨自艾地说:"我就是糊涂,以后决不再说话。"

迁入新居没有多久,在北京终于找不到职业,他决定往贵州。我曾劝他,如果只是为吃饭,无妨等一等看,这样仓卒远走,万一事与愿违,那会得不偿失。但是他像是已经绝了望,或者对于新地方有幻想,终于去了。不久就来信说,住在花溪,水土不服,腹痛很厉害,夜里常常要捧腹跪坐,闭目思乡。这样大概有一年多吧,又不得不回北京了,自然又是囊橐一空。

后来找到个职业,教英文翻译,带着妻子搬到西郊,生活总算暂时安定了。我们离远了,兼以都忙,来往几乎断了。只是每年我的生日,正是严冬,他一定来,而且总是提着一包肉。难得一年一度的聚会,面对面吃晚饭。他不喝酒,吃完就匆匆辞去,清瘦的影子在黄昏中消失。这样连续有五六年,其后都自顾不暇,才渐渐断了消息。最后一次是妻去看牙,在医院遇见他,也是去看牙。妻回来说,在医院遇见南星,苍老多了,还是早先那样神魂不定的样子,在椅子上坐着候诊,一会儿去问问:"该我了吗?"急得护士说:"你这个人,就是坐不住,该你自然叫你,急什么!"他问我好,说自己身体不好,越来越不成了。

这话当然是真的，近些年来，不要说他的诗文，就是信也见不到了。我有时想到他的文笔，词句清丽，情致缠绵，常常使人想到庾子山和晏几道。他的作品，零篇断简，也不算少，只是大部分散失了，我手头只有两三本诗集和一本散文《松堂集》。译文婉约流利，如《吉辛随笔》《呼啸山庄》等，我都爱读，可惜现在都找不到了。这使我很惋惜，有时候想到张华对陆机的评论，旁人患才少，陆机患才多。南星似乎也是患才多，或者说患诗情太多。诗情太多，以致世情太少，用俚俗的眼光看，应该建树的竟没有建树，至少是没有建树到应有的高度。例如与他同时的有些人就不然，能够看风色，衡轻重，多写多印，就给人一种大有成就的幻象。"文章千古事，得失寸心知"，乙夜青灯之下，偶然找出南星的小诗看看，情深意远，动人心魄，不禁就想起杜老的这两句诗来。

我常常想到他，但不敢自信能够完全理解他。有些人惯于从表面看他，冲动，孩气，近于不达时务。其实，南星之为南星，也许正在于此。我个人生于世俗，不脱世俗，虽然也有些幻想，知道诗情琴韵之价值，但是等于坐井中而梦想天上，实在是望道而未之见。南星则不然，而是生于世俗，不黏着于世俗，不只用笔写诗，而且用生活写诗，换句话说，是经常生活在诗境中。我有时想，如果以诗境为标准而衡量个个人之生，似乎有三种情况：一种是完全隔膜，不知，当然也不要；另一种，知道诗境之可贵，并有寻找的意愿；还有一种，是跳过旁观的知，径直到诗境中去生活。南星可以说是最后一种。我呢，至多只是前两种之间，每念及此，就兴起对南星的深切怀念。

以下写下回分解的尾巴。

由一九七五年之后写起。一九七六年夏唐山大地震，乡居的房子倒塌，我借了懒的光，在北京妻女的家里寄食，逃了一命。其后，乡以无下榻地的形势逐客,京以政策又变的形势纳客,我长安又见,重过写稿改稿的生活。许多久不通音问的相识又通音问了,于是转一两个弯,知道南星原来近在咫尺,他因为身体不很好,原单位请而坚决辞谢,回怀柔老家,悠然见北山去了。其时是一九七九年,又是中伏,我旧忆新情,中夜不能入睡,不免又是秀才人情纸半张,诌了两首歪诗,题为《己未伏夜简南星二首》:

其一

诗书多为稻粱谋,惭愧元龙百尺楼。戏论几番歌塞马,熏风一夜喘吴牛。也曾乞米趋新友,未可传瓜忘故侯。后海晨昏前日事(曾同住北京后海北岸),不堪燕越又三秋。

其二

一生能见几清明,久别吴娘暮雨声。岂有仙槎通月府,何妨鹤发住春城。青云兴去依菜妇,白堕香来曳老兵。安得秋风三五夜,与君对坐话归耕。

其后当然是抄清,贴四分邮票寄去。不久就换来连古拙的字也充满诗意的信。信末尾抓住"秋风三五夜",敦促至时一定前往,不许食言。我没食言,而且连续几年,去了不止一次。同游怀柔水库,独饮什么什么老窖(南星是不饮酒的诗人),闲话今人昔人,香文臭文,等等,都可不在话下。住一两夜,回来,路上总是想,他住在小城之郊,柴门独院,抬头可以看墙下的长杨,低头可以看窗前的豆棚瓜架,长年与鸡兔同群,真可以说是归耕了;我呢,也"话归耕",至于行,还是出门挤公交车,入门写可有可无的文章,在人生的路上,远远落在南星之后了,惭愧惭愧。

启　功

　　日前由李慧陪伴，登浮光掠影楼，进谒启功先生，要他的手写影印尚未印成的《启功絮语》复印本。何以如此急急？是因为近一两年，我旧习不改，仍写些事过或事微而未能忘情的，积稿渐多，想走熟路，集为《负暄三话》。前两本的编排旧例，都是反三才之道，人为先；人不止一位，也要排个次序，我未能免势利眼之俗，也为了广告效应，列队，排头，要是个大块头的。于是第一本拉来章太炎，第二本拉来辜鸿铭，说来也巧，不只都有大名，而且为人都有些怪，或说不同于常的特点。现在该第三本了，既然同样收健在的，那就得来全不费工夫，最好是启功先生，因为他也是既有大名，又有不同于常的特点。且说有如扛物，大块头的必多费力，我畏难，从设想凑这本再而三的书之日起，就决定最后写这篇标题为《启功》的。现在，看看草目，六十余名都已排列整齐，只欠排头未到，畏，也只好壮壮胆，拿笔。拿笔之前，听说继《启功韵语》之后，又将有"絮语"问世，夫絮，细碎而剪不断、理还乱之谓也，姑且承认启功先生谦称自己的韵语为打油，推想这絮语的油必是纯芝麻，出于我们家乡的古法小磨的，所以我必须先鼻嗅口尝，然后着笔。以上这些意思，也当面上报启功先生。他客气几句，我听而不闻，于是就拿到《启功絮语》的复印本。回来看了，自然又会得到几次人生难得的开口笑。其时正临近癸酉年中秋，我忙里偷闲，往家乡望了"月是故乡明"之月，吃了尚未新潮的月饼，由絮语引发的欢笑渐淡，难得再拖，只好动真格的，拿笔。

拖，至少一部分是来于畏，畏什么？正如我多次面对启功先生时所说："您这块大石头太重，我苦于扛不动。"重，化概括为具体，是：所能，恕我连述说也要请庄子来帮忙，是"两涘渚崖之间，不辩牛马"；为人，是"东面而视，不见水端"。——既已向古人求援，干脆再抄一处，包括所能和为人，是《后汉书·黄宪传》所说："汪汪若千顷陂，澄之不清，淆之不浊，不可量也。"说到澄之不清，淆之不浊，想大动干戈之前，先来个由芥子见须弥的小注。比如你闯入他的小乘道场（曾住西直门内小乘巷），恭而敬之地同他谈论，或向他请教，诗文之事，他会一扯就扯到"我腿何如驴腿"，此即所谓澄之不清。又比如七十年代早期，他的尊夫人章佳氏往生净土，于是一如浮世所常见，无事生事，有事就更多好事者，手持红丝，心怀胜造七级浮屠之热诚，入门三言两语，就抽出红丝往脚脖子上系，他却一贯缩腿敬谢，好事者遗憾，甚且不解，而去，可是喜欢道听途说的人不就此罢休，于是喜结良缘的善意谣传还是不胫而走，对此，他有绝招，是我所亲见，撤去双人床，换为单人床，于今几二十年，不变，此即所谓淆之不浊。总之，这之后就只得来个杂以慨叹的总评：不可量也。

可是好事者走了，还有多事者，会反唇相讥："你不是也量过吗？那就不是不可量了。"我想，这是指我写过这样几篇文章：《论书绝句》管窥，《启功韵语》读后，《说八股》补微，两序的因缘，书人书事。也许还有别的，一时想不起来，也就不去查了。现在是要声辩，虽然所写不只一篇，对于启功先生的所能和为人，还无碍于我的评论，"不可量也"。理由不止一项。其一，我的所谈都是皮毛，自然不能见"宗庙之美，百官之富"。其二，有所见，或更进一步，有所评，都是瞎子摸象之类，对的可能性并不大。其三，限于所能中的见于书本的（如文物鉴定就不，或说难于，见于书本），如主要讲鉴古的《启功丛稿》，我就不敢碰，因为过于专，过于精，我是除赞叹以外，不能置一辞。其四，关于为人，我见到面团团兼嬉笑，听到"我腿何如驴腿"，所有这些，是整体的千百分之一呢，还是连之一也不是呢，是直到现在我也说不清楚。说不清，还敢写，亦有说乎？曰有，是依据事理，了解自己尚且不易，况他人乎？可是自司马子长以下，还是有不少人，或自发，或领史馆之俸，为许多人，包括列女和僧道，写传记。太史公写项羽，写张良，没见过，专就这一点说，我写启功先生就有了优越性，是不只见过，而且来往四十年有余。就说只是皮毛吧，想来皮是真皮，毛也不假，写出来，给想看名人的人看看，也不无意义吧？所以还是放开笔，任其所之，写。

由有辫子可揪的地方写起，那是著作，白纸黑字，市上可见，一点不含糊。只能计立或卧于我的书架子上的，有以下这些（以出版时间先后为序）：

诗文声律论稿	1977 年中华书局
古代字体论稿	1979 年文物出版社
启功丛稿	1981 年中华书局
启功书法作品选	1985 年北京师范大学出版社
启功书法选	1986 年人民美术出版社
书法概论（主编）	1986 年北京师范大学出版社
启功韵语	1989 年北京师范大学出版社

论书绝句	1990 年三联书店
汉语现象论丛	1991 年商务印书馆（香港）有限公司
说八股	1992 年北京师范大学出版社
启功书画留影册	1992 年北京师范大学出版社
启功论书札记	1992 年北京师范大学出版社
启功絮语	即将出版

一大串都是书"名"，夫名者，实之宾也，而想到实，那就"荡荡乎民无能名焉"。不敢翻检看，只说还有的一点点印象。《启功丛稿》里有一篇《董其昌书画代笔人考》，长万言以上，发旧隐如数家珍，不知别人怎么样，我看了，不是想进一步研究，以求略知古书画的门径，而是不想再沾边，因为太深，太难，只能安于不知为不知。这样说，我是被他的学识吓倒了。学识来于头脑。来于手的就更厉害，书，一笔一画，画，一枝一叶，与今人比，不便说，无妨与古人比，至少我觉得，说书超过成铁翁刘的翁，画超过扬州八怪的有些怪（尤其山水），总不为过。以上这些只是有辫子可揪的。还有无小辫也就难于揪住的，只说两项。一项是，据我所知，他肚子里还有大批存货，因为受"能者多劳"之累，即使想掏也掏不出来。证据多得很，只举一种，是一次闲谈，不知怎么扯到《兰亭序》帖，他说："问题很复杂，至少要二十万字以上才能说明白。"他忙，常常被逼得东躲西藏，也就只好不写。另一项是书画佳作，多到数不清，都"散而之四方"，也就实有而若无。只就我个人说，生性懒散，又不过于爱管闲事，可是数十年来，揩他手之油，大至牌匾，小至书签，中间有画卷、条幅、对联、题跋，等等，少数为自己，多数为亲友，总在百件以上吧，他"四海之内皆兄弟"，所作数量之大，就虽可想而实难知了。上面说肚子里的存货，用"大批"形容，其实还应该加上"多种"，比如直到不久前看了他的《说

八股》，才知道他还作过八股文，会作八股文。他生于一九一二年壬子，其时已是变帝制为共和，就说是姓爱新觉罗吧，也太稀奇了。

如果有什么光的探测器，对准他的肚皮（从旧而俗之习，不说心，更不说大脑），咔嚓一响，我想一定会有许多新发现。暂时还未照，也就只好等照见后再说。这里只说一些已经能够看到的。其中一种是一般人不很清楚甚至并未注意的，是书画等的鉴定。这方面，成为名家，也许比善书善画更难，至少是同样不容易，因为不只要有机会，见得多，还要有能深入分辨的慧心和慧眼。启功先生得天独厚，外有机会，公藏私藏，几乎所有名迹他都见过，又内有慧心慧眼，还要加上他能书能画，深知其中甘苦，所以成为这方面的有数的一流专家。他忙，也因为这方面的多能，比如前些年，由上方布置，他同另两三位专家，周游一国，看各大博物馆的收藏，看后要点头或摇头，回来，我庆幸他大饱眼福，他说也相当累。私就更多，他走出浮光掠影楼，常有人拿出一件甚且抱出一捆，请他看，不下楼，也会有不少人叩门而入，也是一件或几件，请他看，希望看到他点头。有的还希望他在上面写几句，以期变略有姿色为容华绝代。他宽厚，总会写几句。但有分寸：精品，他掏心窝子说；常品，说两句不疼不痒的；赝品，敬书"启功拜观"云云，盖曾拜曾观，并非假话也。说到这里，我应该感谢他对我的网开一面，因为，比如请他看尚未买的文征明书《长恨歌》册，已买（知未必真，因价特廉而收）的祝枝山临《景龙观钟铭》卷，他都未说"拜观"，而说"假的"。到此，想说两句似题外而非题外的话，像这样的《广陵散》，不想法使之下传，而让这现代化的嵇叔夜今天东家去开会，明天西家去剪彩，以凑电视之热闹，总是太失策了吧？

说过一般人未注意的，要接着说一般人（包括不少海外的）都注意的，书法。这里要插说一项一般人也不很清楚的，是启功先生的浮世之名，本来是画家，近些年为能者多劳的形势所迫，画过于费时间，书可以急就章，才多书少画（或说几乎不画），在人的印象中就成为单纯的书法家，并上升为书法家协会主席。众志成城，又因为他本人执笔，多谈书而少谈画，吾从众，也就撇开画而专谈书法。可是这就碰到大难题，而且不只一个。只说两个。其一，出于他笔下的字，大到榜书，小到蝇头小楷，又无论是行还是草，都好，或说美，可是如果有人有追求所以然之癖，问怎么个好法，为什么这种形态就好，我说句狂妄的话，恐怕连启功先生自己也答不上来。我想，这就有如看意中的佳人，因觉得美而动情，心理活动实有，却只能意会而不能言传。勉强言，如我有时说的，"看这'有'字，简直就是《圣教序》"，"外圆润流利而内钢筋铁骨，是书法造诣的最上乘"，都是说了等于不说。总之，无能为力，也就只好改说第二个难，不离文字的。这是指他的论书著作，主要是《论书绝句》和《论书札记》。有书问世，白纸黑字，如绝句，且有自注，何以还说难？是因为书道，上面说过的，微妙之处，可意会不可言传，启功先生老婆心切，欲以言传，也无法避精避深，于是读者，以我为例，看，字都认识，至于其中奥义，就有如参"狗子还有佛性也无"的"无"，蒲团坐碎，离悟还是十万八千里。单说《论书绝句》，一百首，由西京的石刻木简说到自己的学书经历，如生物之浑然一体，牵一发必动全身，没有寝馈于书苑若干年的苦功，想得个总体的了解，也太难了。只好躲开这整体，由《论书札记》里抄两则看看。

行书宜当楷书写，其位置聚散始不失度。楷书宜当行书写，其点划顾盼始不呆板。

人以佳纸嘱余书，无一惬意者。有所珍惜，且有心求好耳。拙笔如斯，想高手或不例外。眼前无精粗纸，手下无乖合字，胸中无得失念，难矣哉。

我们看了，都会感到这是金针度人，可是参，何时能参透呢？启功先生以书法名世，或说惊世，而单单在这方面他最难了解，正所谓不可量也。

还有个不可量是他所谓"韵语"，想了解他的为人，更不可不看。不知道由于人性还是由于习惯，或人性兼习惯，诗词所写多是人的内心深处。于是居常隐的就会成为显，即使是影影绰绰的。又于是写《〈启功韵语〉读后》，我就特别有兴趣。这里又谈他的韵语，虽然新加上他的絮语，想了想，我还是没有什么新意见。但抄旧的，就说是自己的，也会引来偷懒之讥，所以还是来个新瓶子装旧酒。可说的不少。先说板着面孔的，是一，他大写其俳谐体，所得有两个方面：一方面是为自己画了最逼真的像，另一方面是可以稳拿"前无古人"这项桂冠。还有二，是以口语甚至俗语入有格律的诗词，可以为胡博士的《白话文学史》增添一宗宝贵的财富，可惜这位博士三十年前见了上帝，不及见之了。接着说画像，也会遇见难题，是一些熟人所习见，面团团，嘻嘻哈哈，不玩笑不说话，于是表现为韵语的俳谐吗？我在拙作"读后"里就曾推想，恐怕背后或深处还有东西，那是庄子的"以天下为沉浊，不可与庄语"。怎见得？有诗（广义，即韵语）为证：

古史从头看。几千年，兴亡成败，眼花缭乱。多少王侯多少贼，早已全都完蛋。尽成了，灰尘一片。大本糊涂流水帐，电子机，难得从头算。竟自有，若干卷。

书中人物千千万，细分来，寿终天命，少于一半。试问其余哪里去？脖子被人切断。还使劲，龂龂争辩。檐下飞蚊生自灭，不曾知，何故团团转。谁参透，这公案。（《启功韵语》卷二《贺新郎·咏史》）

这是看透一切，或用佛家的话说，万法皆空。空，也就兼能破我执，也有诗为证：

中学生，副教授。博不精，专不透。名虽扬，实不够。高不成，低不就。瘫趋左，派曾右。面微圆，皮欠厚。妻已亡，并无后。丧犹新，病照旧。六十六，非不寿。八宝山，渐相凑。计平生，谥曰陋。身与名，一齐臭。（同上书卷三《自撰墓志铭》）

像这样字面轻松而内容沉重的，"韵语"里随处可见。碍难多抄，又舍不得，只好换个地方，再来一首：

老妻昔日与我戏言身后况。自称她死一定有人为我找对象。我笑老朽如斯那（哪）会有人傻且疯，妻言你如不信可以赌下输赢帐。我说将来万一你输赌债怎生还，她说自信必赢且不需偿人世金钱尘土样。何期辩论未了她先行，似乎一手压在永难揭开的宝盒上。从兹疏亲近友纷纷来，介绍天仙地鬼齐家治国举世无双女巧匠。何词可答热情洋溢良媒言，但说感情物质金钱生理一无基础只剩须眉男子相。媒疑何能基础半毫无，答以有基无础栋折梁摧楼阁千层夷为平地空而旷。劝言且理庖厨职同佣保相扶相伴又何妨，再答伴字人旁如果成丝只堪绊脚不堪扶头我公是否能保障。更有好事风闻吾家斗室似添人，排闼直冲但见双床已成单榻无帷幛。天长日久热气渐冷声渐稀，十有余年耳根清净终无恙。昨朝小疾诊疗忽然见问题，血管堵塞行将影响全心脏。立呼担架速交医院抢救细检查，八人共抬前无响尺上无罩片过路穿街晾盘儿杠。诊疗多方臂上悬瓶鼻中塞管胸前牵线日夜监测心电图，其苦不在侧灌流餐而在仰排便溺遗臭虽然不盈万年亦足满一炕。忽然眉开眼笑竟使医护人员尽吃惊，以为鬼门关前阎罗特赦将我放。宋人诗云时人不识余心乐，却非傍柳随花偷学少年情跌宕。床边诸人疑团莫释误谓神经错乱问因由，郑重宣称前赌今赢足使老妻亲笔勾销当年自诩铁固山坚的军令状。（《启功絮语·赌赢歌》）

歌洋洋六百言，也通篇抄，是有所为，为"奇文共欣赏"。欣赏什么？说我自己的，浮面是笑，再思就如入宝山，发现世间稀有的。其实也不难说，是如他的多种所能，一般人办不到。不只一般人，连禅宗典籍"道婆烧庵"公案里那位庵主也办不到，因为二八女子抱定，他说"枯木倚寒岩，三冬无暖气"，是还在挣扎，"断百思想"；启功先生则"十有余年耳根清净"，可谓已经是悟之后的境界。这境界，我有时想，与他的书法相比，也许应该评价更高吧？这更高，是隐藏在他的俳谐之后的，所以面对他，或面对他的有些著作，只看见嘻嘻哈哈，就只是浅尝，甚至说会上当。俳谐后常常是更多的严肃。这严肃，有时也会挑帘出场，如下面的两首就是这样：

  金台闲客漫扶藜，岁岁莺花费品题。故苑人稀红寂寞，平芜春晚绿凄迷。舳橹委地鸦空噪，华表干云鹤不栖。最爱李公桥畔路，黄尘未到凤城西。（《启功韵语》卷一《金台》）
  苔枝依旧翠禽无，重见华光落墨图。寄语词仙姜白石，春来风雪满西湖。（《启功书法作品选》第119页题自画梅花）

像这样的诗，正如我过去所曾说，是一旦正襟危坐，就不让古人了。
  韩文公有句云，"余事作诗人"，所以介绍启功先生，更要着重谈大节。大节为何？开门或下楼，待人诸事是也。这就更多，只想谈一些见闻。其一是对陈援庵（名垣，史学家，曾任辅仁大学校长，别署励耘书屋）先生，或口说，或笔写，他总是充满敬佩和感激之情，说他的"小"有成就，都是这位老先生之赐。这当然不是无中生有，但实事求是，我觉得，推想许多人也会这样想，说"都是"，就未免言过其实。可是多年以来，直到他的声名更多为世人所知的时候，他总是这样说，也总是这样想。是不实事求是吗？非也。是他的"德"使他铭记一饭之恩，把自己的所长都忘了。这种感情还有大发展，是近些年来，他的书画之价更飞涨，卖了不少钱，总有几十万美元吧，他不要，设立奖学金，名"启功奖学金"，合情合理，可是他坚持要称为"励耘奖学金"。这奖学金，陈援庵先生健在的时候无从知道，如果泉下有知，微笑之后，也当泣下沾襟吧？

其二，由楼名的"浮光掠影"说起，这也是谦逊，推测本意与"云烟过眼"不会差多少。云烟过眼，是见得多，也可以兼指多所有。与项子京之流相比，启功先生自然是小户，但因为眼力高，时间长，碰巧（据我所知，他不贪，也就不追）流入先则道场后则红楼的，精品或至精品也不少。其中一些我见过，只说一两件印象最深的，一大条幅查士标的山水，题字占面积的一半以上，雍正御题"玉音"赏田文镜的青花端砚，都是罕见的珍品。他看这些像是都无所谓，随手来，随手去，最后索性"扫地出门"，都捐献给可以算作他的故土的辽宁博物馆。我的见闻中有不少迷古董的，像他这样视珍奇为身外物的，说绝无也许太过，总是稀有吧。

其三，想到秀才书驴券，字已满若干页，总当说点更切身的，以便终篇。这是想以我同他的多年交往为纸笔，为他画个小像。我有幸，与曹家琪君在同一学校当孩子王，曹君原是启功先生的学生，不久就上升为可以相互笑骂的朋友，他爽快热情，与我合得来，本诸除室中人以外都可以与朋友共之义，他带着我去拜识启功先生。其时启功先生住鼓楼西前马厂,所以其后我的歪诗曾有句云:"马厂斋头拜六如(唐寅,亦兼精书画),声闻胜读十年书。"这后一句写的是实情,因为见一次面,他的博雅、精深和风趣就使我大吃一惊。不久他迁到鼓楼东黑芝麻胡同,我住鼓楼西,一街之隔,见面的机会更多。总是晚上在他的兰堂,路南小四合院的南房。靠东两明是工作室,有大的书画案;西一暗是卧室,闲坐闲谈多是在这一间。他的未嫁的姑母还健在,住西房,他的夫人不参与闲谈之会,或在外间,或往西房。夫人身量不高,(与我们)沉默寡言,朴实温顺,女性应有的美都集在性格或"德"字上,不育,所以启功先生在《自撰墓志铭》中说"并无后"也。还是谈晚间之会,我只是间或到,必到的有曹君家琪,因面长,启功先生呼之为驴;有马先生焕然,启功先生小学同学,也是寡言,可是屁股沉,入室即上床,坐靠内一角,不到近三更不走;有熊君尧,寄生虫学家。所以启功先生有一次说:"到我这儿来的都是兽类,有驴,有马,有熊,有獐(明指其内弟章五);您可不在内。"这显然是"此地无银三百两"的笔法,我一笑,说在内也好。现在回头理这些旧账干什么呢?是因为不很久之后,大局变为,也要求,"车同轨,书同文字",先是我成为自顾不暇,接着启功先生成为"派曾右",其后又迁到西城他内弟的住处小乘巷,远了,想到北城兽类欢聚之事,不禁有"胜地不常,盛筵难再"之感。且说那时期我正编一种内容为佛学的月刊,启功先生曾以著文的实际行动支持,署名"长庆",想是因为唐朝元白二人诗文结集都用这个名字。其时他不似现在之忙,正是揩油的好机会,记得曾送去真高丽纸一张,一分为二,画两个横幅,一仿米元晖,一仿曹云西,受天之祜,经过文化大革命,今尚存于箧中。说到揩油,这大概是揩油之始。其后,六十年代到七十年代,他在小乘巷,送走了夫人,美尼耳病常发作,八十年代迁往西北郊师范大学小红楼,更远了,可是我还是紧追不舍。为什么?主要是为揩油,连带的是还没有忘"声闻胜读十年书"。感谢他有宽厚待人的盛德，总是有求必应，如果所写之件不面交，有时还附个小札，说"如不合用，再写"。近几年来，揩油的范围还不断扩张，说个最大的，是求写序文。他仍是有求必应，送去书稿，有时间看，写，没时间看，也写。宽厚的表现还有"意表之外"的，太多，只说两件，算作举例。一件是我的拙作《负暄琐话》印成之后，托人送去，正中心志忐待棒喝，却接到夸奖的信，其中并有妙语"摸老虎屁股如摸婴儿肌肤"，"解剖狮子如解剖虱子"云云。如果没有这老虎和狮子，我也许就没有勇气写续话和三话了吧？另一件是一次登上浮光掠影楼，见室内挂一王铎草书条幅，稀有之精，一面看一面赞叹。他说是日本影印台北故宫的。说着，取来竹竿，挑下，卷，说："您拿走。"我推辞不得，只好接受，谢。——应该更重谢的是他不得不答应，入我这本拙作，站在六十七名之前，当排头。如此恩重如山，而我曾无一芹之献，如何解释？是他什么都有，而我是连一芹也没有。勉强搜罗，也只是祝他得老天爷另眼看待，心脏不健，健了，血压不低，低了，越活越结实。然后我就可以多受教益，多得几次开口笑，还有一多，更不可忘，是继续揩油。